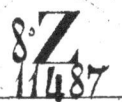

PROVERBES PATOIS

DE LA

VALLÉE DE BIROS EN COUSERANS (ARIÉGE)

PUBLIÉS PAR

M. L'ABBÉ CASTET, CURÉ D'UCHENTEIN

AVEC UNE PRÉFACE

DE

M. PASQUIER, ARCHIVISTE DE L'ARIÈGE

FOIX

IMPRIMERIE-LIBRAIRIE GADRAT AINÉ

—

1889

TABLE DES MATIÈRES

Extrait du *Bulletin de la Société Ariégeoise des Sciences, Lettres et Arts.*

PROVERBES PATOIS

PROVERBES PATOIS

DE LA

VALLÉE DE BIROS EN COUSERANS (ARIÉGE)

PUBLIÉS PAR

M. L'ABBÉ CASTET, CURÉ D'UCHENTEIN

AVEC UNE PRÉFACE

DE

M. PASQUIER, ARCHIVISTE DE L'ARIÈGE

FOIX

IMPRIMERIE-LIBRAIRIE GADRAT AÎNÉ

1889

PROVERBES PATOIS

DE LA VALLÉE DE BIROS EN COUSERANS (ARIÈGE)

PUBLIÉS PAR

M. l'Abbé CASTET, curé d'Uchentein,

AVEC UNE PRÉFACE

DE

M. PASQUIER, archiviste de l'Ariège.

PRÉFACE

Nous avons convié les lecteurs du *Bulletin de la Société Ariégeoise* et les amateurs de nos vieux dialectes à recueillir les contes, chants, traditions, proverbes de notre contrée, qui, transmis oralement de génération en génération, sont arrivés jusqu'à nous comme un témoignage des sentiments et de l'esprit de nos aïeux. La récolte commence à être fructueuse ; l'Ariège répond à l'appel qui lui a été adressé, et, l'amour-propre local venant en aide, notre département comptera un certain nombre de publications inspirées par la littérature vraiment populaire.

Aujourd'hui, nous offrons à nos lecteurs le résultat de longues et minutieuses recherches entreprises par un observateur attentif, versé

dans la connaissance de la philologie Gasconne, M. l'Abbé Castet,
curé d'Uchentein, village de la vallée de Biros (1), à six kilomètres de
Castillon, sur la rive gauche du Lez.

Le département de l'Ariège n'est pas homogène ; les principaux
éléments qui le composent constituent des groupes distincts sous le
rapport historique, linguistique, ethnographique. L'arrondissement
de Saint-Girons, l'ancien Couserans, est complètement gascon, et,
jusqu'à la Révolution, il comprenait un diocèse, relevant d'Auch, la
métropole de la Gascogne. Le dialecte du Saint-Gironnais se distingue
de celui parlé dans les arrondissements de Pamiers et de Foix, lequel
se rattache au Languedocien.

En Couserans, on remarque plusieurs sous-dialectes offrant entr'eux
des différences caractéristiques. M. Luchaire, dans ses *Etudes sur les
dialectes Pyrénéens* (2), a réservé une place spéciale à l'idiome du
Castillonnais qui, suivant les vallées, comporte des nuances. Le Biros
est la partie supérieure de la vallée du Lez, rivière qui traverse obli-
quement, du sud au nord-est, le canton de Castillon. En remontant,
on s'enfonce dans la haute montagne, on se rapproche de la frontière
Espagnole ; dans les mœurs comme dans le langage, on sent l'influence
de la Catalogne. A mi-côte d'une montagne peu accessible, sur un pla-
teau resserré, le village d'Uchentein groupe ses cabanes où habite une
population de pâtres et de cultivateurs. S'il est, dans notre région, un
refuge où les traditions et le langage du vieux temps aient eu chance
de se conserver purs de tout contact, c'est bien sur ce coin de terre.

Au fond de la vallée s'étend, le long de la route, Bordes-sur-Lez,
où l'ancien curé, M. l'Abbé David Cau-Durban, a fait de si intéressantes
découvertes d'archéologie préhistorique. On se trouve dans un pays
de souvenirs où l'attention du touriste comme du savant est mise en
éveil par l'imprévu et par le pittoresque. Après l'histoire, c'est main-
tenant le tour de la philologie à exciter la curiosité des chercheurs.

M. l'Abbé Castet est originaire du Castillonnais ; vivant au milieu
des montagnards, connaissant le pays à fond, il était à même, mieux

(1) La vallée de Biros comprend les communes d'Antras, de Sentein, d'Irazein, de Bonac,
des Bordes, de Balacet et d'Uchentein ; elle renferme une population s'élevant environ à
4100 habitants, d'après le recensement de 1886.
(2) Paris, Maisonneuve, 1879, un volume in-8°, chapitre VII, pages 323-329. On y trouve
la parabole de l'*Enfant Prodigue*, traduite en patois de Sentein.

que personne, de faire un recueil des traditions du Biros. Frappé du sens moral et de l'originalité des proverbes qu'il entendait citer autour de lui à tout instant, il se mit à les noter un à un et à en préparer une collection qui pût donner une idée de la valeur de ces sentences. « Sachant, dit-il, que cette étude est recommandée par l'auteur de « l'Imitation (1) de J.-C., par (2) la Sainte-Ecriture, je m'y livrai, « sans crainte du ridicule, avec toute l'ardeur et la patience que « méritent les choses sérieuses. Je ne tardai pas à m'édifier, car je « n'en eus pas plus tôt réuni un certain nombre que je fus tout surpris « de l'exactitude irréprochable de plusieurs règles de conduite et de « l'observation des phénomènes naturels, le tout rendu avec une « finesse et une pureté de langue admirables. L'expression, très juste, « reproduit bien le parler antique de nos campagnes, qui tend tous « les jours à se modifier et à se corrompre, mais qui reste invariable « dans les proverbes. Leur forme, rimée ordinairement, les rend légers « à la mémoire et les préserve de tout changement dans les mots ou « dans la tournure primitifs. »

L'observation de l'auteur est fort exacte. Pour retrouver le langage populaire dans son originalité et dans sa pureté, c'est à l'étude des proverbes qu'il faut se livrer. Ce sont autant de médailles qui gardent l'empreinte reçue au moment de la frappe, et dont la circulation peut affaiblir le relief, sans altérer la qualité du métal.

Les proverbes sont répartis en huit chapitres correspondant chacun, autant que possible, à un même ordre d'idées, à un ensemble d'observations analogues. Les divisions ont été multipliées, autant que cela était nécessaire, pour comprendre tous les sujets auxquels se rapportent plus ou moins directement les adages. La difficulté de cette classification n'est pas d'assigner à chaque proverbe tel ou tel chapitre, mais de les disposer en ordre, de manière à présenter au lecteur un ensemble méthodique de sentences se confirmant, se complétant les unes les autres. C'est le plan que l'auteur s'est proposé de réaliser ; nous estimons que le but est atteint dans la limite du pos-

---

(1) *Nec contemnendum putes sententias veterum ; non enim in vanum proferuntur.* De Im. J.-C. *L. I. Cap. V.* 2.

(2) *Audiens sapiens sapientior erit.* Prov. 5.

Sapientiam omnium antiquorum exquiret sapiens... Occulta proverbiorum exquiret et in absconditis parabolarum conversabitur. Eccle. XXXIX-3.

sible. Tantôt on a sous la main trop de sentences, tantôt on n'en a pas assez à mettre en rang pour former une œuvre suivie et homogène, comme un discours. Tout est relatif, ce n'est pas un ordre semblable que l'on doit espérer dans un travail comme celui-ci où pas une phrase n'est inventée. « Si le fil de la liaison entre les proverbes, dit « M. l'Abbé Castet, semble parfois tendu, du moins, on constatera « qu'il n'est jamais rompu. »

Voici l'intitulé des chapitres :

I. *Amitié, Reconnaissance, Ingratitude, Défiance de soi-même et du prochain.*
II. *Travail, Profit, Paresse.*
III. *Fortune, Infortune, Ambition.*
IV. *Jeunes Filles, Amour, Mariage, Maris et Femmes.*
V. *Nourriture, Médecine, Maladie.*
VI. *Pronostics du Temps, Agriculture.*
VII. *Animaux.*
VIII. *Sentences diverses.*

OBSERVATIONS PHILOLOGIQUES

Notre collection comprend environ cinq cents adages. « Les pro-« verbes, assure-t-on, sont la sagesse des nations. » A en juger par le nombre de ceux usités dans la vallée de Biros, on serait porté à croire que, dans ce village reculé, la raison brille du plus vif éclat. Sancho Pansa, qui ne prononçait pas une phrase sans émettre une sentence, serait-il originaire de la haute vallée du Lez ? Nous ne voulons rien affirmer ; contentons-nous de faire quelques remarques. En examinant les proverbes, nous en trouvons d'originaux, mêlés à un certain nombre d'autres qui, pour obtenir droit de cité dans le Biros, ont pris une apparence Castillonnaise plus ou moins trompeuse et ont acquis une saveur de terroir. En l'honneur de la philologie, ils peuvent, dans une collection locale, prendre place parmi les indigènes et fournir des arguments aux chercheurs qui étudient l'origine,la transformation, la diffusion des traditions populaires. A côté des proverbes vraiment typiques, éclos dans le pays où ils sont cités, il n'est pas moins utile d'énumérer ceux qui sont un produit d'importation, afin de rechercher les limites entre lesquelles circulent certaines sentences. Comme pour les chants et les contes, c'est un moyen d'investigation, destiné à faciliter la solution de problèmes linguistiques et ethnographiques.

Quant à l'orthographe adoptée dans cette publication, quelques explications sont nécessaires pour indiquer le système auquel s'est arrêté M. l'Abbé Castet. Si l'on rencontre des difficultés sérieuses pour éditer un texte d'un idiome connu, les embarras redoublent, quand on se trouve en présence d'un sous-dialecte encore peu étudié, et auquel on n'a jamais accordé les honneurs de l'impression.

Le dialecte de nos proverbes est le gascon, tel qu'il est parlé dans le Castillonnais, (1) sauf les exceptions propres au Biros. Ainsi que le constate M. Luchaire (2) « au fond des hautes vallées du Couserans « qui touchent à l'Espagne, le gascon subit une altération sensible et, « par plusieurs côtés, se rapproche du Catalan parlé sur l'autre « versant. »

Dans l'intérêt des observations philologiques concernant nos dialectes, il convient de noter les particularités qui, par suite de la prononciation locale, donnent à l'idiome du Biros une originalité consistant surtout dans certaines finales. M. Castet a été notre guide et nous a signalé les points les plus caractéristiques.

La terminaison en *tch*, très fréquente dans le Couserans, est rendue ici par *tg*. Ainsi on dit : *Amistatg, Blatg, Cantatg*, au lieu de : *Amistatch, Blatch, Cantach* ; le son est plus doux, plus coulant. Si l'on trouve *tch*, c'est dans le corps des mots, jamais à la fin : *Fatcho*.

A la suite de N final, comme cela arrive dans certains temps des verbes, on ajoute un **G** : *cantong, teng, eng, boung, soung*, et non *canton, ten, en, boun, soun*. Par l'adjonction de cette lettre, on a pour but de figurer la prononciation locale qui, sur ce point, diffère sensiblement de celle de la plaine et même de la basse vallée du Lez. Ce G sonne, mais avec plus d'éclat, comme l'N dans les mots espagnols, tels que : *dona, senor*.

La finale féminine o prend un son fermé et devient ou après M, N, GN. Les gens du Biros disent : *que aymou,* (il aime) et non *que aymo*, comme dans la plaine ; pour eux, *peno* (peine) est *penou; legno*, (bois) *legnou*. Partout ailleurs cet O final, qui correspond à l'A bref latin, se

---

(1) Nous n'insistons pas sur les caractères généraux, qui ont été étudiés et qui, du reste, sont les mêmes dans le Biros que dans les autres vallées du Castillonnais.

(2) Luchaire, *Idiomes Pyrénéens*, p. 321-327.

prononce très ouvert, presque ᴀ, donne un son entre *o* et *a*, se rapprochant presque de l'ᴇ muet du français : *uo taulo.*

Notons plusieurs singularités, que l'on constate dans les différentes parties du discours.

Masculin singulier.

LE, *et* devant les consonnes,*etg* devant les voyelles ou l'*h.*

DU, *Det* ou ᴅᴇᴛɢ ⎰ suivant que le mot commence par une consonne,
AU, *At* ou ᴀᴛɢ ⎱ une voyelle ou un *h.*

Et, Det, At Loup — Etg, Detg, Atg Ase.

Masculin pluriel.

LES, *Es* devant les consonnes, *Ets* devant les voyelles ou l'*h.* ·

DES,*Des* ou ᴅᴇᴛs ⎰ suivant que le mot commence par une consonne,
AUX,*As* ou ᴀᴛs ⎱ par une voyelle ou une *h.*

Es, Des, As Loups. — Ets, Dets, Als Ases.

Féminin singulier.

LA, *era.*

DE LA, *D'era.*

A LA, *Ara,* par suite de la contraction *à era.*

Devant un mot commençant par un *a,* on élide l'*a* de *era* : *er'aygo.*

Féminin pluriel.

LES, *Eras.*

DES, *D'eras.*

AUX, *Aras,* par suite de la contraction *à eras.*

Les contractions de l'article avec des prépositions sont assez fréquentes ; ainsi, on trouve : *Endat* pour *enda et* — *Endatg* pour *enda etg* — *Pet,* pour *Per et* — *Petg* pour *Per etg* — *Ena* pour *En era* — *Pera* pour *per ara.*

Endat gat, Endatg ase, Pet Diable, Petg home, Ena biasso, Pera taulo.

Au pluriel, on écrit : *Pes* pour *Per es* — *Pets* pour *Per ets* — *Endas* pour *Enda as* — *Endats* pour *Enda ats* — *Enas* pour *en eras* — *Peras* pour *Per eras.*

Endats ases, Endas camis, Pets ases, Pes camis, Enas biassos, Peras taulos.

L'article indéfini, *un, une,* dans le Biros, est *u, uo,* tandis que, dans le Castillonnais, on prononce *io,* au féminin. Devant une consonne, on emploie *ung*, et *u*, devant une voyelle : *ung gat, u ase.* A Castillon, *u* est inconnu, ou du moins n'est pas usité, on dit : on dit *ung ase* et non *u ase.* Dans le Biros, *u* a le sens du pronom indéfini *on* : *U que diu qu'era terro que rodo.* (On dit que la terre tourne); *Mes u causich, e mes u s'atrapo.* (Plus on choisit, plus on se méprend).

On doit écrire *u* sans *h*, pour que le radical soit le même au masculin comme au féminin (*uo*). Mais cet *h* paraît de rigueur dans les composés de *u* comme *ety ahu* (l'un), *cadahu* (chacun). Cet *h*, séparant l'*u* de la voyelle précédente, empêche le son dipthongal et dispense de recourir au tréma. C'est ainsi, d'ailleurs, qu'on écrit en catalan, où ces mots existent ; à Castillon, on dit également : *ahu, cadahu.*

SUBSTANTIF

En règle générale, on peut établir que les noms terminés par une voyelle ou une consonne forment leur pluriel par l'addition d'un *s* : *tambouri, tambouris* ; *ase, ases*; *gat, gats.*

Cependant les mots terminés par *s, tz, ch,* forment leur pluriel par l'addition de *es*; *Mes, Meses, Peich, Peiches, Croutz, Croutzes* ; ceux qui finissent en *s* redoublent ordinairement cette lettre : *Cos, Cosses.*

Les mots terminés en *tg* ne conservent pas le *g* au pluriel, et prennent l's immédiatement après le *t: Et Pratg* (le pré), *Es prats* (les prés) *Aymatg, Aymats.*

ADJECTIF

Les adjectifs, terminés par une consonne, forment leur pluriel masculin par l'adjonction de *i*, sans prendre l's : *tout, touti; dur, duri; hurous, hurousi; boun, bouni.*

Les adjectifs finissant par une voyelle forment leur pluriel masculin par l'addition de *s* : *couqui, couquis; fi, fis.*

Dans le Couserans, les adjectifs possessifs s'emploient avec l'article et sont les suivants :

SINGULIER	*Et mieu, et tieu, et sieu.*
	Era mieuo, era tieuo, era sieuo.
PLURIEL	*Es mieui, es tieui, es sieui.*
	Eras mieuos, eras tieuos, eras sieuos.

Dans la vallée de Biros on dit :

| SINGULIER | *Et me, et to, et so.* |
| | *Era mio, era tuo, era suo.* |

PLURIEL $\left\{\begin{array}{l} \textit{Es mes, es tos, es sos.} \\ \textit{Eras mios, eras tuos, eras suos.} \end{array}\right.$

Moung, toung, soung, ma, ta, sa, mous, tous, sous, mas, ta, sas, sont également connus dans le Biros, mais ne sont pas fréquemment usités dans le langage courant. Si un proverbe porte ces mots, le paysan les admet et le proverbe continue de circuler sous cette forme et indiqqe ainsi qu'il est de provenance étrangère. Tel est le motif pour lequel on trouve à côté *mieu, me, etc.,* qui sont d'origine montagnarde, *moung, soung, etc.,* qui appartiennent à la plaine. Cette remarque était bonne à faire pour expliquer les anomalies que présente un même mot suivant qu'il est placé dans tel ou tel passage.

VERBE

Nous ne pouvons entrer dans des détails; autant vaudrait donner les types des conjugaisons régulières et irrégulières. Bornons-nous à constater que la troisième personne du singulier au présent de l'indicatif, dans les verbes de la première conjugaison, est en o, quand le radical, suivant la remarque faite plus haut, n'est pas terminé par M, N, GN; s'il en était ainsi, la terminaison se changerait en *ou, Aymo, Aymou.*

Cette même personne dans le verbe *este* (être) est invariablement E, tout simple et non pas *es* ou *est.*

Il convient de citer un certain nombre de contractions, qui se produisent quand les pronoms personnels *me, te, se,* se rencontrent devant un verbe avec *que.* Au lieu de *que me, que te, que se,* il faut : *quem, quet, ques.* Exemple: *quem cari,* je me tais; *ques caris,* tu te tais; *quet,* il se tait.

La négation *nou* donne lieu aussi à diverses contractions. On trouve *noum, nous, noung,* pour *nou me, nou se, nou eng.* Exemples : *Noum tang* pour *nou me tang,* (il ne me touche pas) ; *Noung bou cap,* pour *Nou eng bou cap* (il n'en veut pas).

Sauf les modifications apportées par suite de l'application de ces diverses règles, le texte est orthographié suivant le système adopté de nos jours pour les autres dialectes gascons, et d'après les procédés préconisés par les Félibres, la revue des Langues Romanes, les éditeurs des divers ouvrages gascons. C'était, du reste, la méthode en usage dans les chancelleries du Moyen-Age, quand le gascon était la langue officielle employée dans la rédaction des actes administratifs. Le système, remis en vigueur à notre époque, n'est donc qu'un retour à la véritable orthographe, qui s'était peu à peu perdue, à mesure que se faisait sentir l'influence du Français.

Dans les diphthongues AU, EU, IU, pour reproduire leur son double et ouvert, pas n'est besoin de leur adjoindre un o, AOU, EOU, IOU, de dire et d'écrire : *Chibaou, Tableou, Riou*. L'addition d'une lettre parasite, au lieu d'indiquer le son diphthongal, ferait croire qu'il y a deux syllabes et, en poésie, exposerait à faire compter deux pieds : A-OU, E-OU, I-OU. Disons et écrivons : *Chibau, Tableu, Riu*.

En ce qui concerne l'accent sur l'E ou sur l'U, nous avons préféré,à l'exemple d'un certain nombre de romanistes, le supprimer complète- ment, afin d'éviter toute méprise et de ne pas établir de contradictions flagrantes entre la prononciation et l'orthographe. L'E, jamais muet, a toujours un son ouvert ou fermé. Au lecteur le soin de trouver la vraie prononciation ; ce système existant pour le latin, il est naturel de le suivre pour le roman. Le lecteur, pour peu qu'il connaisse l'idiome, voit quelle prononciation convient à l'E, en se rendant compte de la nature et du sens du mot. Ajoutons, cependant, que, pour notre patois, les règles de l'accentuation de l'E sont beaucoup plus vagues que pour le latin.

Quant à l'U, sauf dans les diphthongues, où il a le son que nous avons indiqué, il se prononce comme en français.

Nous n'avons pas donné la traduction des proverbes, qui, parfois insuffisante, aurait nécessité l'adjonction de notes. En effet, si, dans la plupart des cas, le sens littéral n'offre pas de grandes difficultés et est intelligible pour les personnes versées dans la con- naissance des patois gascons ou languedociens, la portée et l'applica- tion de certains proverbes n'apparaissent pas toujours du premier coup. Il devient parfois utile de dégager la pensée exprimée sous une forme métaphorique ; en ce cas, il y a lieu de donner dans une note des éclaircissements sur le sens exact et l'interprétation d'un proverbe.

En terminant cette préface, nous renouvelons nos remerciements à M. l'Abbé Castet d'avoir bien voulu réserver au *Bulletin de la Sociéte Ariégeoise* le résultat de ses recherches ; il nous a aidés dans la réali- sation du but que nous poursuivons, c'est-à-dire : faire connaître notre pays dans son passé comme dans son présent.

F. PASQUIER.

I. AMITIÉ, RECONNAISSANCE, INGRATITUDE,

DÉFIANCE DE SOI-MÊME ET DU PROCHAIN.

Que pla aymou
Pla castigo.

Quet aymou pla
Quet hara ploura.

Eras mes machantos trufandisos
Que soung eras bertaderos.

Et toupi nous a cap de trufa d'era oulo.

Que s'eng trufo
Que s'eng passo.

Et ques fatcho,
Tout ac pago.

Boung aboucatg, machant besi, (1)
Bounou terro, machant cami.

Loup, riu e grang cami,
De loueng ung boung besi.

Et qu'a ung boung besi
Qu'a ung boung mayti.

Ung plase qu'eng bau u aute.

Era uo ma que lauo er'auto, (2)
E toutos duos que lauong era caro.

Nou cau cap ana cerca amics,
Endat so ques potg he dam es dits.

(1) À côté d'un bon avocat, on a de mauvais voisins qui ne vous laissent pas tranquille ; à côté d'une bonne terre, se trouvent de mauvais chemins, qui rendent le travail pénible, c'est-à-dire , avec un bon défenseur et une belle fortune, on ne jouit jamais d'un repos et d'un bonheur complets.

(2) Il faut s'aider mutuellement et se réunir tous ensemble pour rendre des services plus importants.

Et plase reprouchatg
Qu'e tout pagatg.

Et que noum plang (1)
Noum tang.

Se bos quet deche era baco eng me pratg, (2)
Decho peche era mio eng to baratg. (3)

Que da sous bes abant de mouri,
Ques apresto à pati.

Da qu'e uo leijo bendo. (4)

So que u da que flourich,
So que u ouaro (5) ques pouyrich.

Et que he et present petit,
Que pert et present etg amic. (6)

Or, bi e serbitou,
Et mes bielh qu'e et mes bou.

De ca, de chibau e de serbitou,
Eng touto era bito ung de bou (7).

Bos aue enemics ?
Presto dines as tos amics.

Et mes boung amic qu'e era bousso.

Dus pouts ena madecho gariero,
O dus rittous ena madecho bilo,
Tout so que cau enda he guerro.

Que bau mes gent
Qu'argent.

(1) Celui qui ne me plaint pas, ne me touche pas de près. *Tang*, ind. présent de *tagne* *(tangere)*, toucher, être parent.

(2) Si tu veux que je te laisse paître la vache dans mon pré, laisse paître la mienne dans ton fossé. *Quet deche* est pour *que te deche* que je te laisse.

(3) Fossé.

(4) Donner est une vilaine vente.

(5) *Ouaro* de *Ouara*, garder, retenir.

(6) *Et present etg amic*, le présent et l'ami. *Etg* est ici une contraction de *e* conjonction et de *etg* article.

(7) *Bou, boung*. Quand cet adjectif se trouve à la fin d'une phrase, ou après le substantif, on peut mettre *bou* au lieu de *boung*.

Gent dam gent,
E tripo dam moustardo.

Bau mes amics eng plasso
Qu'argent ena biasso.

De jouga, de paria e de presta
Que biro de s'ayma.

Ung cop passo,
As dus cops buto,
As tres cops luto.

Lauo et cap atg ase,
Quet eng soubrara et lichiu. (1)

Quang u e trop bou,
Que debeng etg ase de penou.

De trebalha pera coumunoutatg,
Arres noun a gratg.

Quang benc era glorio,
Que s'eng ba era memourio.

Ena mourt etg houc
Nou y a cap bengenso. (2)

Bero caro e poc ayma, (3)
Arre nou potg cousta.

Et dou de lolo (4)
At mietg dera escalo ;
Et dou de lou
At mietg det sou.

(1) Lave la tête à l'âne, il t'en restera la lessive, c'est-à-dire, rends service à un individu qui ne sait pas l'apprécier, il ne te restera que la peine que tu auras prise.

(2) En présence de la mort et du feu, il n'y a plus place pour la vengeance. *Etg* est ici pour *e eng etg*.

(3) Faire belle figure et peu aimer, cela ne peut rien coûter, c'est-à-dire, les démonstrations extérieures ne coûtant rien ne sont pas un vrai signe d'amitié.

(4) *Lolo*, aïeule ; *lou*, aïeul ; *dou*, deuil. Le deuil de l'aïeule s'arrête au milieu de l'escalier ; le deuil de l'aïeul au milieu du plancher. Allusion au cadavre qui est transporté de la maison à la tombe et que les regrets accompagnent jusqu'au milieu de l'escalier ou jusqu'au milieu de la chambre. C'est une manière énergique d'indiquer que, si les regrets inspirés par la mort de la grand'mère sont plus vifs que ceux causés par celle du grand-père, ils sont, en tout cas, fort courts.

Que mau nou he
Mau nou penso.

Que soul s'acouselho,
Soul se repent.

De uo grang pax
Uo grang guerro.

Que bau mes este pec qu'oupugnastre (1).

Enda pla parla,
Que cau sabes (2) cara.

Gat miaulayre n'e cap grang cassayre,
Ne home satge grang parlayre.

Anem be,
Que quedarem be (3).

Riche que potg,
Hurous que sab,
Satge que bou.

Mes u causich e mes u s'atrapo.

Et mes fi toustem s'atrapo.

Qu'eng sab mes et pec enso de so (4)
Qu'etg habile enso dets autes.

Eng terros estranjos
Eras bacos que y tumoung (5) es boueus.

Atg houns det sac
Que y soung eras micos.

Et que playdejo
Que malautejo.

(1) *Pec*, simple ; *oupugnastre*, opiniâtre, entêté.
(2) *Sabes* contraction pour *sabe se*.
(3) Ce proverbe est catalan et signifie : *comportons nous bien et nous finirons bien* :
il est souvent cité dans les hautes vallées du Couserans.
(4) *Enso de so*, chez lui ; *enso dets autes*, chez les autres.
(5) Frappent.

Enda hes prude pla,
Cau cap he soum que grata (1).

Et que nou entend soum que uo campanou,
Nou enteng soum que ung sou.

Et que re nou enterpreng
Ne nous troumpo ne nou apreng.

Nou y a cap soum que et que nou he re,
Que nous troumpo.

Et pa det mestre,
Nou les cau cap boule minja (2).

Et que nous desc (3) det so coubert
Ne re nou gagnou ne re nou pert.

Et que re nou sab
Toustem espero.

S'et bielh poudio,
S'et joues sabio,
Arres nous troumpario.

Et que bouto soung argent en abelhos,
Ques risquo de grata eras aurelhos.

Et de semia (4)
N'e cap toustem et de sega.

Ena oulo que boutg,
Cap de mousco nous atrapo.

Bede bengue,
Qu'e prochi de tengue.

Bede he, sabe he, boule he e nou poude he,
Qu'es ung f... ahe.

(1) C'est-à-dire, pour se susciter de nouveaux embarras, il n'y a qu'à vouloir écarter tous ceux que l'on a déjà ; allusion à la démangeaison qui s'irrite à mesure qu'on veut la faire cesser. *Enda hes* contraction pour *enda he se*.

(2) Ce proverbe est cité pour blâmer celui qui prétend exécuter un ouvrage qu'il n'a pas appris à faire, il faut laisser cela aux gens du métier. *Les* pour *le se*.

(3) Celui qui ne sort pas de sa maison, qui ne quitte pas son toit.

(4) *Et de semia... et de sega* ; ce sont des idiotismes pour dire : celui qui sème... celui qui moissonne. Dans la tournure patoise, il faut sous-entendre ces mots : *que a*, alors la phrase complète serait : *et (que a) de semia n'e cap toustem et (que a) de sega.*

Nou y a cap sant que nou peque (1),
Ne satge que nous troumpe.

Set sartes (2), set haures, set moulies,
Auitadi (3) per ung trauc de birou (4)
Bint-e-ung lairous.

Que dam et loup esta
Qu'apreng de idoula (5).

Et ques messido (6), messidatg e.

Nou cau cap rebeilha et gat que dorm.

Dam et loup,
que bau mes huge que tournas-y.

Marchants e porcs,
Ques counegueng quang soung morts.

Coundes de machant pagayre,
Crits e bihoros (7) eng ayre.

Et ques hido as baylets e que nou les betg,
Ques he praube e que nous ac creds.

D'ung baylet heng toung fray,
Leu que sera tampay.(8)

Tambouri pagatg deuant ma (9)
Toustem sounou mau.

Bos pla he tous ahes ?
He-les tu madech ;
Bos-les he mau ?
He-les he per ung tau.

(1) Pèche.
(2) Tailleur, en latin *sartor*.
(3) Vus.
(4) Trou de vrille.
(5) Hurler.
(6) Se méfie.
(7) Plaintes
(8) *Toun pay* semblerait plus régulier mais, en la circonstance, et d'accord avec la prononciation, il faut prononcer et écrire *tampay*.
(9) Tambour payé avant main (avant l'œuvre) résonne toujours mal, c'est-à-dire, un
travail payé d'avance est ordinairement mal exécuté.

Enas petitos bouetos es bouni angouens,
Enas granous es doulens.

Ets ahus que s'y bedeng mes dam es ouelhs aclucats (1)
Que dets autes dam es ouelhs eybalamats (2).

Grang balent,
Petit patient,
Peu gros hideu (3),
Que soung tres miragles det ceu.

Nou y a cap ne tort ne boussutg
Que nou sio courroumputg.

Bau mes ung gourmant
Qu'ung gargant (4).

Pescayre, jougayre e pintayre
Nou baleng cap ouayre (5).

Qu'eng y a que soung coutets de dus talhs. (6)

Que cau decha passa er'aygo que nout (7) toco.

Messidot der'aygo que nou cour.

Nout hides cap aras aygos mourtos,
Que soung eras mes hortos (8).

At cant ques counech etg audetg,
E ara paraulo et cerbetg.

Era pou que ouaro (9) era binhou.

Era mes bounou hidanso,
Qu'e era messidanso (10).

(1) Fermés.
(2) Ouverts.
(3) Cheveu gros fidèle, c'est-à-dire, homme aux cheveux gros qui soit fidèle. Ailleurs, on dit dans le même sens : *Peu roy, nou te fasso pas goy*. (Poil rouge, ne te fasse pas joie) ne te fie pas à un poil rouge, c'est-à-dire, à un homme qui a les cheveux rouges.
(4) Ce mot indique un homme à la fois criard et mangeur.
(5) Guère.
(6) Il y en a qui sont comme couteaux à deux tranchants.
(7) *Nout*, ne]te, contraction pour *nou te*.
(8) Dangereuses, fortes.
(9) Garde.
(10) Méfiance.

Cuang t'es troumpatg (1) ?
Quang nou t'es messidatg.

Pla juratg, (2)
Petit escoutatg.

Proumessos e carressos
Que soung finessos.

Gat escaudatg
Qu'a pou der'aygo blanou (3).

Sere (4) d'hiuer,
Deboutiu de jouanesso,
Santatg de bielhesso,
Amistatg de noublesso,
Proumesso de capera,
Et ques y hide troumpatg sera.

Nebouts e neboudos,
Loups e loupos.

Derre paretg o sego (5)
Nou y cau cap dide paraulo pego.

Et qu'escouto derre eras parets
Qu'enteng sieus torts e sieus drets.

Que naut auito (6)
Bach estramuco (7).

Et que bau petit
Que bau mens que nou semblo.

Que panou u oueu
Que panou ung boueu.

Et ques hico (8) eng casau
Ques hico eng oustau.

(1) Interrogative, la conjonction commence par *c* et *u* est long *(ou)*. Non interrogative, elle s'écrit et se prononce comme en français, sauf la lettre finale qui est *g*.
(2) Celui qui jure beaucoup mérite peu de créance.
(3) Tiède.
(4) Temps serein.
(5) *Sego*, haie. *Paraulo pego (pec, pego),* parole imprudente, indisrrète.
(6) Regarde.
(7) Trébuche.
(8) Pénètre.

2

Et sourd ne betg ne enteng. (1)

Nou y a cap de mes machant sourd
Qu'et que nou bou entene.

He detg ase enda aue breng.

Fi countro fi,
Nou y a cap doubluro (2).

De parentalho, de bourdales (3), de nobles e de cas,
Noung cau cap he cach.

Arcado (4) de mars e bisto de segnou,
Ung cop eng cent ans per un trauc de birou,
Qu'e pla prou.

II. TRAVAIL, PARESSE, USAGE DES BIENS.

Amassa eng touto sasou,
Despensa dam rasou ;
Que he bounou maisou.

Mesuro que duro (5),
Cuarte que falto.

Et ques bouludo (6),
Diu l'adjudo.

Et qu'eng ba que leco (7),
Et ques poso ques seco.

(1) La surdité rend tellement étourdi qu'elle empêche de voir comme d'entendre.

(2) Fin contre fin, il n'y a pas de doublures , c'est-à-dire, quand deux individus, également rusés, se jouent mutuellement l'un l'autre, ils ne recommencent jamais leurs tours.

(3) Métayers, fermiers.

(4) *Arcado,* arc-en-ciel. *Segnou,* seigneur du village. L'arc-en-ciel de mars est un signe de très mauvais temps. La vue du seigneur du village rappelait aux paysans les corvées, les redevances féodales ; ils n'allaient le trouver que dans les grandes circonstances, que pour le payer ; aussi ne le voyaient-ils pas avec plus de plaisir que l'arc-en-ciel de Mars.

(5) Mesure dure, quartier trompe ; proverbe Catalan. Le quartier est le double de la mesure ; celui qui, sans raison, use du quartier ua lieu de la mesure, agit en prodigue.

(6) Celui qui se remue.

(7) Celui qui s'en va léche (trouve toujours quelque chose) ; celui qui se repose, qui ne se donne pas de mouvement, se séche d'inanition, est accablé de misére.

Et so de mes leu gagnatg
Qu'e et so d'estaubiatg (1).

Soupo grasso,
Testament magre.

Dine de soutanou (2),
Se flourich, nou granou.

Argent, ray! (3) u ase ne potg gagna ;
Etg ahe qu'e de sabeng usa.

Ena bousso det jougadou
Nou y cau cap tancadou. (4)

Patienso que dechec arama era suo maysou.

Et dio soumbrous
Que he perde era maytiado at pederous (5).

Et que nou a re à he
Eras unglos se he.

Et que pedasso (6)
Soung tems passo.

     Balent
Quang era padenou sent.

Et ques reposo allegre
Que trebalho malaut.

Et so ques potg he aue, (7)
N'ac cau cap decha enda dema.

Et que nou he pouri (8)
Qu'a de he roussi.

(1) Economisé. *Et so de mes leu gagnatg* mot à mot *le de ce plutôt gagné*.
(2) On dit aussi : *Argent de Campanou, se flourich, nou granou*, pour montrer que la fortune provenant de personnes ou de choses ecclésiastiques ne prospère pas longtemps.
(3) *Ray*, exclamation signifiant : *ce n'est rien, peu importe*.
(4) *Tancadou*, fermoir, de *tanca* fermer.
(5) *Pederous*, paresseux, fainéant.
(6) Rapièce.
(7) Aujourd'hui.
(8) *Pouri*, poulain, *Roussi*, cheval. Celui qui ne veut pas travailler, pendant qu'il est jeune (*pourri*), est obligé de travailler vieux (*roussi*).

Et so que nous he en dio,
Nous he cap eng cent.

N'e cap tout de parti d'houro,
Que cau arriba ara houro.

Et que trebalho
Ques minjo era palho ;
Et que nou he re
Ques minjo et be.

Home balent e boung bi
Qu'ang leu fi.

Et manobro
Qu'a part ara obro.

Era oubligatiu
Abant era deboutiu.

Que bau mes ung que sab
Que cent que cercong.

Qu'eng he mes bequilh (1)
Que pay e hilh.

Despuch que Samsou (2) e mourt
Qu'eng bau mes dus que u.

Et qu'a ung mestie
Qu'a et dine.

Es dines qu'ang era couo liso. (3)

Loung agulhe,
Machant cousture. (4)

Et que nou he et nunt (5)
Que perd et punt.

(1) Levier en fait plus que père et fils : un fort levier, un puissant instrument, une aide considérable vaut mieux que le concours de deux simples personnes.

(2) *Depuis que Samson est mort, mieux valent deux personnes qu'une seule* , c'est-à-dire, nul n'étant de la force de Samson, on a besoin du secours d'autrui.

(3) Les deniers ont la queue lisse, c'est-à-dire, l'argent se gagne difficilement, se perd rapidement. Comparaison tirée de l'effort que l'on fait pour attraper certains animaux par la queue qui, était trop lisse, glisse entre les doitgs ; il en est de même pour l'argent qui s'échappe facilement.

(4) Tailleur.

(5) Nœud. En patois de Biros, le mot est *nod* ; ici on met *nunt*, pour la rime.

Leu e be
Nous ang cap tagnutg (1) arre.

Amassa breng,
E esparrica hario. (2)

Prume d'ahourna (3)
Derre de tira.

Mau usa
Nou potg dura.

Se bos quet dure (4)
Quet sude.

Que cerco fourtunou
Qu'e ung gus.

Era chanso n'e cap det que la cerco,
Mes det que la trobo.

Et que cerco e que trobo
Nou perd cap soung tems.

A tout sant, *ora pro nobis.* (5)

Tout sant que bou lum.

Touto peyro he cantou. (6)

Et que beng et sieu moutou
Que diu era sieuo rasou. (7)

Marchant que prego,
Nou beng cap.

---

(1) Vite et bien n'ont rien de commun. *Tagnutg,* participe passé de *tagne,* être parent toucher de près.

(2) Farine. On dit cela des personnes qui économisent et dépensent mal à propos.

(3) Enfourner.

(4) Si tu veux que ça te dure, il faut que ça te fasse suer. Pour arriver à un résultat durable, il faut suer, se donner de la peine. *Quet sude* pour *que te dure quet sude* pour *que te.*

(5) Ce proverbe convient aux gens qui s'adressent à tout le monde pour obtenir une faveur ou qui croient devoir saluer n'importe qui.

(6) Toute pierre fait coup, fait coin, fait angle.

(7) Celui qui vend son mouton, dit sa raison, fait connaître son estimation, son prix, révèle sa pensée.

Branco e brancot
Que heng garbot. (1)

Et petit gang
Qu'ateng et grang.

D'oung que bengo,
Mes que bengo. (2)

Det Diable e bengutg etg agnetg
Pet Diable s'eng tournou era petg.

Bau mes proufit que glorio.

Da e perene (3) que soung feniants.

Letg escreyrou, (4)
Poulido maysou.

Et pa dur
Que teng etg houstau segur (5).

D'houro ara heyro (6)
E tard ara guerro.

Pertout cent legos de machant cami. (7)

Bau mes suda
Que trembla.

---

(1) Fagot.
(2) Ce proverbe peut s'appliquer à ceux qui désirent le succès, le profit, sans en rechercher l'origine.
(3) *Perene*, prendre. Donner et prendre, cela ne vaut rien.
(4) Sale balai, maison propre.
(5) Dans la vallée de l'Ariége, et dans d'autres contrées où domine le patois Languedocien, ce proverbe est plus développé et le sens en exprimé de la façon suivante :

> Legno seco
> E pa dur
> Renden l'oustal segur
> Legno berdo
> E pa caut
> Renden l'oustal malaut.

(6) *D'houro,* de bonne heure, à l'heure convenable pour être à la foire, mais en retard pour aller à la guerre.
(7) Partout cent lieues de mauvais chemin, c'est-à-dire, dans les moments d'embarras, quelque parti que l'on prenne, on trouve toujours des difficultés.

Et souley, quang nesc,
Que nesc enda touti.

Bau mes tard que james.

N'e cap james tard
Quang Diu ajudo.

At boung cami Diu ajudo.

Tiro ung peu atg ase,
James nou sera ta pelutg.

Que cau truca (1) etg her,
Demente (2) qu'e caut.

Que cau benta,
Quang he bent.

He coumo era hourmigo,
Que tout ac cerco e tout ac aplego. (3)

III. FORTUNE, INFORTUNE, AMBITION.

Et qu'a or (4)
Qu'a cor.

Det riche e det balent,
Cadahu qu'eng bou este parent.

Noublesso sense argent,
Caley sense oli,
Lagueng.

Et mes hurous qu'e
Et que s'eng creds.

(1) Frapper.
(2) Pendant.
(3) Ramasse. Le proverbe signifie : imite la fourmi qui cherche et se procure tout ce dont elle a besoin.
(4) Celui qui a de la fortune a du cœur, de la confiance, est entreprenant.

Que or manejo,
Eras mas li ludeng (1).

Soueng (2) ena cabanou que s'y galejong (3),
E eng castetg que s'y ayuejong.

Ena maysou det loup
Toustem y a car o osses.

Eng so det riche, (4)
Se nou y plau, ja y (5) roso.

Bau mes he embejo que pietatg.

At riche era hennou s'y mourich,
At praube era crabo s'y marahoundich (6).

Et riche
N'a cap d'este chiche.

Que de milhas (7) benc à pa
Qu'e piri que ca.

Que dejunou ourgulhous
Que soupo bergougnous.

Et que mes a
Mes bou.

Que trop embejo
Re nou manejo.

Et qu'ac bouto tout en ung toupi,
Qu'ac perd tout en ung mayti.

Que trop embrasso
Pauc estreing.

(1) Luisent.
(2) Souvent.
(3) On se réjouit.
(4) *Eng so det riche*. En la demeure du riche, chez le riche
(5) Il y tombe de la rosée, s'il n'y pleut pas ; c'est-à-dire, si l'abondance n'y règne pas, on n'y trouve pas le dénument.
(6) Quand la femme du riche meurt, la chèvre du pauvre s'endommage, c'est-à-dire, quand le riche a un malheur, le pauvre s'en ressent. *Marahoundich*. 3ᵉ per. sing. de l'ind. présent de *Marahundi, (Malefundere)*.
(7) *Milhas*, bouillie faite avec du maïs. Le sens de ce proverbe est qu'un parvenu devient pire qu'un chien.

Que trop s'aholo (1)
Que peto.

Et qu'a terro
Qu'a guerro.

De que e era terro,
Que sio era guerro.

Gat bantatg
Era cuo li catg.

Que bau mes u habile ignourant
Qu'ung bestio sabant. (2)

Et mau det ditg (3)
At cor s'ahich.

Et mau qu'e leu bengutg
E loung enda tournasseng. (4)

Quang et restelh e bouetg,
Ets ases ques trucong.

Ase pelatg,
Toutos eras mouscos le picong.

Toustem u ques he mau
Eng ditg malaut.

Quang u a et tir dejous et cami (5),
Que l'eng ac he de mau sourti.

Hennou d'hoste (6) qu'ayhalo (7),
Medaci ques miralho (8),
Noutari que nou sab et dio det mes,
Que ba mau enda touti tres.

Et que nou bou pourta sero, (9)
Que pourtara et bast.

(1) *S'aholo* se gonfle.
(2) *Bestio*, dans le sens masculin; *bestio sabant*, un sot savant.
(3) Le mal du doigt au cœur se ressent; s'enfonce.
(4) *Tournasseng*, idiotisme patois pour *s'eng tourna*.
(5) Quand on a le traineau en dehors du chemin, il est mal aisé de l'en retirer.
(6) Hôtelier.
(ˉ) File.
(8) Se regarde dans un miroir.
(9) Selle.

Que bau mes ùng petit desgourditg
Qu'ung grang estalabournitg (1).

Que nou potg
Nou pennou (2).

Nou y a cap ta betg aubatg (3)
Coumo et que n'e passatg.

U ang ! (4)
Eng presou estang.

Et malhur nou benc cap james soul.

Toustem que plau
Ensus era gario bagnado (5).

Ung soul dio de bou
Qu'eng he desbremba cent de machanti.

Dus brasses e santatg
Que soung era richesso d'era praubetatg.

Et que canto
Soung mau espanto (6).

At delà de bielh
Que nous y potg da (7).

Que cau he era caritatg at praube Bernatg (8),
De trop biue que l'a troumpatg.

Maynatges benguem,
Maynatges tournam.

(1) *Estalabournitg,* stupide, grand imbécile.
(2) Il ne rue pas celui qui ne peut pas.
(3) *Aubatg,* petit enfant qui vient de naître, de *albatus,* revêtu de blanc au baptême. L'enfant qui vient de naître est le modèle de l'innocence et de la candeur ; mais il est sans expérience. Or celui qui est passé par l'épreuve, *(et que n'e passatg)* a encore plus de perfection que le petit innocent dont tout le mérite est l'ignorance.
(4) Soupir que l'on fait pour se consoler de l'infortune pendant une année ; il équivaut à ceci : Un an ! d'autres le passent en prison, moi je le passerai bien dans la situation où je suis.
(5) *Gario bagnado,* poule mouillée.
(6) Effraie, chasse.
(7) *Littéralement :* Au delà du vieux, on ne se peut donner, c'est-à-dire, on ne peut vivre au delà de la vieillesse, tout a un terme.
(8) Ce proverbe indique qu'il faut être surtout charitable envers les pauvres, qui ont atteint les limites extrêmes de la vieillesse.

Eng hour (1) det praube
Et pa que s'y gelo.

En quing se counech era misero ?
Ara nudero (2).

IV. JEUNES FILLES, AMOUR, MARIAGE, MARIS, FEMMES

Habilho uo rouminguero, (3)
Que semblara uo demayselo.

Pratg que nou aderbo at mes de Matg, (4)
E hilho que nou s'habilho enda Nadau,
Que moustron et pauc que bau.

At Bounjau de Matg, (5)
A brabo hilho ung cabelh de blatg (6).

Mountagnou rousado (7),
E hilho pla couhado,
Toustem ang bero parado (8).

Hilho sense banitatg,
E camp mau ayhamatg, (9)
Arres nou ang acountentatg.

Eras bounous menatgeros
Que heng passa eras hilhos eras prumeros.

Hilho ques tenc amagado.
Que sera recercado.

(1) Four.
(2) Nudité, dénûment.
(3) Ronce.
(4) *Aderbo*, se couvre d'herbe, du verbe *aderba*.
(5) Le bon jeudi de Mai, c'est-à-dire, l'Ascension ; c'est l'époque où les jennes gens
garnissent d'épis, de fleurs, les portes de leurs fiancées, pendant la nuit.
(6) Epi.
(7) Couverte de rosée.
(8) Parure, apparence.
(9) Fille sans vanité, pré mal fumé n'ont jamais contenté personne.

At sou detg Angelus,
Eras hilhos eng clus (1);
E quang etg Angelus se finich,
Que deueng endourmis. (2)

Hilho que fadejo, (3)
Rat que trastejo ; (4)
Endat galant o endat gat
Que harang leu ung plat.

Hilho d'hoste e higo (5) de cantou,
Mes leu maduros que de sasou.

Rides d'angouang (6)
Plours enda u aute ang.

Hilho que rids
Que plourara leu.

Hillo gaujouso ja m'agrado be,
Mes que noum tagnou cap re.(7)

Hilho mau rusado
N'e cap mietg creado.

Eng uo caso,
Uo hilho, prou de hilhos;
Duos hilhos, trop de hilhos;
Tres hilhos (8) era may,
Cuate diables countro et pay.

Hilho qu'agrado
Qu'e mietg maridado.

Era mes bero caro
Qu'e era que m'agrado.

Ouelhs draubidi (9)
que rendeng et cor malaut.

(1) *Eng clus,* au coin du feu.
(2) *Endourmis,* pour *s'endourmi.*
(3) Qui fait la coquette.
(4) Trotine.
(5) Figue, qui mûrit à l'angle du jardin, dans un carrefour.
(6) Rires pour cette année, pleurs pour une autre année.
(7) Mais qu'elle ne me touche en rien, qu'elle ne devienne pas ma parente.
(8) *Era,* contraction pour *e era.*
(9) Ouverts.

Ouelh berou (1)
Poulitg e nou bou.

Eng balh (2)
Miralh,
Deguens
Hiens.

Enda estaca et cor e heu (3) ploura,
Cau cap soum que ung (4) hieu de la.

Hilho que preng (5)
Ques béng.

Que jeto peyretos (6)
Que jeto amouretos.

Loungos fiansalhos,
Loungos baralhos (7).

Loungos amous,
Loungos doulous.

Et qu'espouso sas amous
Qu'espouso sas doulous.

At prume ang nas à nas,
At segound bras à bras,
At trousieme penou d'aouitas (8);
D'aiqui n'allà (9) marcha ras (10).

(1) *Berou*, diminutif de *betg*, joli, joliet, petit.

(2) Au dehors, miroir, au dedans, fumier, c'est-à-dire , sous des dehors trompeurs, on cherche à cacher sa misère, sa négligence.

(3) *Heu*, contraction pour *he et* le taire.

(4) *Hieu de la*, fil de laine.
Le proverbe signifie qu'en fait d'amour le cœur est tellement sensible qu'il se laisse prendre et captiver par le moindre objet

(5) *Que preng*, sous-entendu, *estreos*, cadeaux, fille qui prend, se vend.

(6) Celui qui jette pierrettes, jette amourettes. Allusion à la coutume qu'ont les jeunes gens de la campagne, quand ils rencontrent des jeunes filles, de leur jeter des pierres pour attirer leur attention et causer avec elles.

(7) *Baralho*, dispute, discorde.

(8) *Penou d'aouitas*, peine de se regarder, c'est-à-dire, on n'a plus que des regards indifférents. *Aouitas* pour *aouita se*.

(9) *D'aiqui n'alla*, pour *d'aiqui en allà* à partir de là. *Allà* adverbe marquant l'éloignement indéterminé. *Arrà*, adverbe signifiant l'éloignement déterminé.

(10) *Marcha ras*, on marche de suite, on obéit rondement ; cette partie du proverbe s'applique à la femme. Dans d'autres vallées du Castillonnais, on dit *marcha à pas*, au lieu de *marcha ras*.

Es que d'amou s'arrapong
De rabio s'engarrapiong (1).

Set bos pla marida,
Et carre (2) nout cau passa

Que loueng ba cassa (3)
O e troumpatg o bou troumpa.

Se preni era hilho det me bedi (4)
Aumens que sabi se que hedi.

Crabos amount, (5)
E hilhos auatg.

Hilho e capera
Sabeng cap s'oung anarang minja pa.

Hilho maridado,
Hilho negado.

Betg e bero que s'amassereng, (6)
Quang nou auereng re, que s'ayuejereng (7)

Et ques logo
Sous plases se jogo ;
Et ques marido
Que les se beng.

De hennou, de pero (8) e d'amouro, (9)
Causich te toustem era que plouro

Et que bastich o ques marido,
Qu'a leu era bousso languido (10).

(1) *S'engarrapiong*, s'égratinent.
(2) *Carre*, ruelle, carrefour ; *set* pour *se te* ; *nout* pour *nou te*.
(3) *Cassa*, chasser, chercher, c'est-à-dire, celui qui est à la recherche d'un conjoint.
(4) Ce proverbe et les deux précédents conseillent de ne pas s'aller marier au loin.
(5) Chèvres en haut, filles en bas. Que les chèvres aillent vers la montagne, c'est leur instinct; mais les filles, si elles veulent se marier, doivent en descendre. Si, pour se marier, elles se déplacent, c'est pour aller vers la plaine ; elles ne consentent qu'avec peine à s'enfoncer vers la montagne.
(6) *S'amassereng*, se mirent en ménage, s'unirent.
(7) Beau et belle s'unirent seulement à cause de leur beauté ; quand ils virent qu'ils n'avaient aucun moyen de subsistance, la beauté ne leur suffisant plus pour s'aimer, ils s'ennuyèrent d'être ensemble.
(8) *Pero*, poire.
(9) *Amouro*, mûre.
(10) *Languido*, vide, épuisée.

Plouro era noubio
E canto era mourto.

Qu'e rare que uo nouro
Nou bouto era de laguent (1) de horo.

Amistatg de nouros o de gendres,
Bugado sense cendres.

A perene gendre o nouro amigo,
Hurous et que y arribo.

Deras mayrastros nou n'y auec cap
Soum que uo de bounou ;
Que las (2) minjec et loup.

De souletaris (3) e de serbentos de capera
Nou s'eng cau cap embarrassa.

De hennou barbudo
E de ouelh berou, (4)
Nou s'eng cau cap approucha
Soum que dam et bastou.

Que ammiou (5) saumou o hennou
N'e cap sense penou.

Dios de nousso e d'enterroment
Que soung dios de countentoment.

Se y auio ung demaridayre (6) souloment,
N'aurio cap ne houro ne moument.

A noussos e hilhou (7)
Nou y ba cap que bou.

Ets homes que les cau serbi coumo segnous
E aouita les (8) coumo traydous (9).

(1) *Era de laguent,* celle de dedans, la belle-mère.
(2) *Las* contraction pour *la se.*
(3) *Souletari,* individu sans famille, vivant seul.
(4) Œil joli, œil petit.
(5) *Que ammio,* mène, conduit.
(6) *Demaridayre,* un homme pour faire annuler, rompre les mariages, à proprement
parler un *démarieur.*
(7) *Hilhou,* baptême.
(8) *Aouita,* regarder.
(9) *Traydous,* traitres.

Ets homes que soung estadi caudi (1).
Touti per uo clouquo (2) rougo.

De hennous e chibaus
Nou n'y a cap que siong sense defauts.

Atg houstau e at casau (3).
Que beyras era hennou se que bau.

De malautio de hennous e ranquero (4) de cas
Noung cau cap he cach.

Plours de hennou leu eschuts. (5).

Hennou ques plang
Tanti cops atg ang ; (6).
Que jemego, que malautejo
Quang n'a embejo.

Atg hiuer coumo atg estiu
Eras lauayros (7) que bang at riu.

Era-hennou, quang benc det riu;
Ques minjario etg home tout biu.

Hennou entamiado, (8)
Leu minjado.

Hennou bapourouso,
Gourmando e paressouso.

Hennou barbudo
Ne pego (9) ne mudo.

---

(1) *Cuadi*, couvés.
(2) *Clouquo*, glousse. Aux yeux des paysans, le rouge est de mauvais augure, c'est une couleur infernale. Les hommes ont été couvés par une poule rouge: ce sont les femmes qui le disent de leurs maris, par cette expression, elles veulent montrer qu'ils sont méchants et injustes envers elles.
(3) *Casau*, jardin.
(4) *Ranquero*, claudication, boiterie.
(5) *Eschuts*, secs.
(6) *Tanti cops atg ang*, c'est-à-dire, un nombre indifini de fois par an.
(7) *Lauayros*, lavandières.
(8) *Entamiado*, entamée. La réputation entamée est bientôt dévorée.
(9) *Pejo*, sotte, niaise.

Luo mercrudo, (1)
E hennou barbudo,
Eng cent ans trop de uo.

Ploujo menudo,
Derre de mulo,
Hennou barbudo,
Hurous que s'eng messido.

Hennou que sab tout
Nou sab cap re.

De hennou e campaner (2).
Prou de u eng cado quartier.

Duos hennous eng madech oustau,
Cado dio quaucare (3) de nou.

Tres toupis at tour dera lar, (4)
    Granou hesto ;
Tres hennous en ung oustau,
    Granou tempesto.

Duos hennous en ung oustau
O dus diables, tant se bau.

Dios hennous, ung marcatg,
Tres, uo (5) heyro.

_____

V. NOURRITURE, APPÉTIT, MÉDECINE, MALADIE.

_____

Sense sau
Arre nou bau.

Ara plasso det pa
Arre nou y da. (6)

(1) *Luo mercrudo*, lune du mercredi.
(2) Carrillonneur.
(3) *Quaucare*, quelque chose.
(4) *Lar*, foyer.
(5) C'est-à-dire, deux femmes font autant de bruit et d'embarras que s'il y avait un marché ; trois femmes représentent une foire.
(6) *Arre nou y da*, rien ne va, ne passe ; *da*, verbe irrégulier signifiant aller, donner ; *oung das ?* où vas-tu ?

3

Cadacop (1) et pa que benc
Quang eras denses s'eng soung anados.

Bi abessatg (2) nou bau cap aygo.

Era'aygo n'a cap james
He mau enda arres.

Era'aygo que he ploura,
Et bi que he canta.

Et bi det maiti
Qu'e couqui.

Let e bi
Que heng sagi. (3)

Touto causo que he trapo (4)
Soum que et bi que y a aygo. (5)

Pla minja e pauc decha,
Que he duos bergougnous.

Eras penous dam pa
Ja s'y podeng masqua. (6)

Era mes bounou coudinero (7)
Qu'e era hame. (8)

Era mes bounou masquo (9) qu'e etg apetit.

Cuang e estado bounou era pruo ? (10)
Quang nou n'y a soum qu'e uo.

Et que bou mau enda soung coumpay
Que li doungo caulets det mes de May. (11)

(1) *Cadacop*, quelquefois, souvent.
(2) *Abessatg*, vin répandu.
(3) *Sagi*, saindoux, c'est-à-dire, lait et vin font engraisser.
(4) *Trapo*, piège.
(5) *Toute chose fait piège*, excepté le vin dans lequel il y a de l'eau. Le vin tend un piège, l'ivresse, or ce piège est évité quand le vin est mouillé. Ce proverbe indique plaisamment le motif pour lequel il faut mettre de l'eau dans son vin.
(6) *Masqua*, assaisonner.
(7) *Coudinero*, cuisinière.
(8) *Hame*, faim.
(9) *Masquo*, assaisonnement. On dit aussi : *Bau mes apetit que masquo.*
(10) *Pruo*, prune. Au sujet de *Cuang* et de *Quang*, voir la note 1 de la page 17.
(11) *May* équivalent de *matg*, (mai). *May* est pour la rime. *Doungo*, 3ᵉ pers. sing. du sub. pré. du verbe irrégulier, *da.*

James at mes de Matg
Dio e cinto (1) nou ang manquatg. (2).

Quang era gesto (3) flourich,
Era hame eng pays ;
Quang bajoco (4)
Que y toco ;
Quand he cric-croc,
Era hame en loc.(5)

Et que at mes d'Auens (6) brespalho (7)
At mes de Matg que badalho. (8)

(1) *Cinto*, ceinture.
(2) Jamais au mois de mai journée et ceinture n'ont manqué. Au mois de mai, la journée est fort longue, surtout pour le cultivateur ; elle ne manque pas. A cette époque, le cultivateur et le pâtre ont presque achevé les vivres et récoltes de l'année précédente, et, au milieu de ces longues et pénibles journées, ils prennent une nourriture peu copieuse, sinon insuffisante ; dans ces conditions la ceinture se trouve toujours assez ample ; elle ne manque pas. C'est ainsi que s'explique *nou ang manquatg*. Ce proverbe a d'ailleurs son explication dans le suivant.
(3) *Gesto*, genêt.
(4) Quand il forme des gousses.
(5) Ce proverbe, très usité, indique à la fois les époques et les phases de la pénurie et de l'abondance par lesquelles les gens de la campagne peuvent passer pendant l'année. A noter d'abord que, chez eux, le genêt est l'emblème de la pauvreté et de la misère ; pour désigner un terrain stérile et aride, ils emploient volontiers cette expression : « *terro de gestos, pays de gestos,* » c'est le dernier terme de mépris que l'on puisse appliquer à une localité. Quand cet arbuste parasite étale ses gros bouquets de brillantes fleurs jaunes au mois de mai : *quand era gesto flourich*, le montagnard, loin d'y trouver un sujet de joie et d'espérance, n'y voit que le mélancolique signal de la misère. Les vivres, ramassés l'année précédente, touchent alors à leur fin, et la famine arrive : *Era hame eng pays* (la faim est au pays).
Vers le mois de juin, le genêt remplace ses innombrables fleurs, qui ne sont jamais stériles, par des touffes de cosses absolument impropres à l'alimentation : *Quang bajoco*. D'autre part, les récoltes et les fruits nouveaux de l'année ne sont pas encore, dans la montagne, parvenus à la maturité, ils ne peuvent servir de nourriture et suppléer à la pénurie de vivres, la famine sévit plus fort : *era hame que y toco*, la faim y touche.
Enfin le fruit du genêt, une fois mûr, se dessèche sur la tige où, par l'effet du soleil, il noircit et devient sonore. Les graines dures, qui sont à l'intérieur des cosses fermées, se détachent et, au mouvement du vent ou de la main, elles y produisent un bruit sourd que l'on contrefait plus ou moins par ces coups de langue : *Cric-croc, cric-croc*. Cet effet musical du genêt maudit est attendu avec impatience, il se produit à partir du mois d'août, et il marque ainsi le fort de la saison des récoltes ; plus de misère: *Era hame en loc*, la faim n'est nulle part.
(6) *Mes d'Auens*, Décembre, mois de l'Avent.
(7) *Brespalha*, goûter, souper.
(8) *Badalha*, bâiller.

A Sant Miqueu (1)
Et brespalh en Ceu.

Et que trebalho
Que brespalho.

Ena gauto meu (2)
Eng estoumac heu. (3)

Enda minja e grata
Nou cau cap he que coumensa.

Repech loung esperatg (4)
N'e cap datg. (5)

Et qu'embito ara brespo (6)
Nou bou cap ara hesto.

Es bergougnousi (7) nou dinoung
Cap dus cops.

Et que nou a heretg (8) as pes apres dinna
N'e cap ung boung crestia.

Mas lourdos que heng minja pa blanc.

Era cansou det perdigalhou : (9)
« Quang soung sadoutg,
« Pertout soung bou. » (10)

Et qu'a pla hame
Nou da cap hi at leuame. (11)

(1) 29 septembre. Après la Saint-Michel, le goûter de l'après-midi est supprimé *eng ceu;* au Ciel, *expression pour indiquer qu'une chose n'existe plus.*
(2) *Meu,* miel.
(3) *Heu,* fiel.
C'est pour indiquer que ceux qui souvent font aux gens un accueil avec un air mielleux, ont au cœur du fiel contre ces mêmes personnes.
(4) *Loung esperatg,* longtemps attendu.
(5) Au lieu de *N'e cap datg,* on dit aussi *que c croumpatg.*
(6) La veille.
(7) *Bergougnousi,* les gênés, les timides.
(8) *Heretg,* froid.
(9) *Perdigalhou,* perdreau, au figuré, homme qui aime à se divertir.
(10) Voici la chanson du perdreau :
        Quand je suis rassasié, Je suis bon (hien) partout.
On prête cette chanson à ceux qui ne s'ennuient nulle part, à condition d'y trouver de quoi manger.
(11) *Nou da cap hi at leuame,* ne fait pas attention au levain. *Da hi (dare fidem),* faire attention. Le mot *hi* ne s'emploie que dans l'expression de *da hi.*

Tout que bou
Quang mietg-dio passo.

Tout he bente
Mes que hentre.

Tros (1) pla partitg
Nou he cap mau enda digus.

Per uo noude (2) de trop
U ase que crebec.

Nou y a cap languitg (3) que nou s'aharte, (4)
Ne hart que nou delisco, (5)
Ne chibau que nou estramuque. (6)

Bente sadoutg que jogo
E' languitg que nou goso. (7)

Que biro etg hast (8)
Noung tast. (9)

Oung y a pa e bi
Et Rey que y potg beni.

Et qu'a car e pa
Que potg demoura etg endema.

Eras tempouros (10) de Nadau,
Dijoua (11) las cau ;
Eras de Pentocousto, (12)
Que pousco ; (13)

---

(1) *Tros,* morceau.
(2) *Noude,* noix.
(3) *Languitg,* qui a le ventre vide, affamé.
(4) *S'aharte,* se rassasie ; *Hart,* rassasié.
(5) *Delisco,* digère.
(6) *Estramuque,* ne bronche.
(7) *Goso.* On prononce *o* bref ; ce n'est pas comme à Foix où la première syllabe a un son diphtongal, *Gauso. Toco-y se gausos.*
. (8) *Hasta,* broche. Celui qui tourne la broche.
(9) *Noung tast,* pour *nou eng tasto,* ne goûte pas du rôti.
(10) *Tempouros* les quatre-temps.
(11) *Dijoua,* jeûner.
(12) *Eras tempouros de Pentocousto,* les quatre-temps de Pentecôte.
(13) *Que pousco,* que celui qui puisse, le fasse. En français on dirait : qui pourra.

Eras de bregnous, (1)
Nou las entenous. (2)

Cadacop (3) et que miulo (4)
Que ba mes loueng qu'et qu'eschiulo.

S'et (5) malaut s'arrapo (6) à toussi,
Sauto bite at medaci ;
Ses bouto à esternuda
Ja podes relenda ; (7)
Se l'entenes à peta
N'e cap mourt enca.

Qu'as eras herbos eng hort, (8)
E qu'es à cant de mort.

Endat mau de cor,
Oli de bitg (9).

Et boung medaci
Qu'e et toupi.

Pacienso qu'e et medaci des praubes.

(1) *Eras de bregnous*, ceux des vendanges fixés à la première semaine qui suit la Sainte-Croix de septembre.

(2) *Nou las entenous*, ne les écoute pas. En patois, l'impératif négatif se rend par le subjonctif. *Nou las entenous*, ne les écoute pas, c'est une allusion au prône où ils sont annoncés. Comme ces quatre-temps de l'automne arrivent à une époque de travail et de grande fatigue, les cultivateurs se dispensent souvent, de droit ou de fait, de leur observation.

Des quatre-temps du printemps il n'en est pas question, sans doute parce qu'étant fixés à la première semaine de Carême, ils se confondent avec celui-ci pour le jeûne et l'abstinence.

(3) *Cadacop*, souvent.

(4) *Et que miulo*, signifie celui qui est malade, qui fait entendre des cris plaintifs comparés au cri du chat (*miula* miauler). *Et qu'eschiulo* indique celui qui est bien portant et qui siffle par suffisance et dédain pour les autres. On dit *miulo* ou *miaulo*.

(5) *S'et* contraction pour *se et* si le ; *ses* contraction pour *se se* s'il se.

(6) *Arrapo*, se met à

(7) *Relenda*, rester, ralentir.

(8) *Qu'as eras herbos eng hort e qu'es à cant de mort*, tu as les herbes dans le jardin et tu es sur le point de mourir. Par *herbos*, il faut entendre les plantes médicinales et communes, propres à la guérison, principalement la sauge, *qu'es a cant de mort*, tu es sur le point de mort. *Cant* ou *canse*, bord, extrémité

Proverbe en forme de reproche à l'adresse de ceux qui ne savent pas se soigner, bien qu'ils aient les remèdes à leur portée.

(9) *Bitg*, souche, pied de vigne, de *vitis*; oli de *Bitg*, huile de souche, vin.

Medacis jouesi, (1)
Cementiris boussudi.

Cap nutg, bente ple e pes caudi,
Qu'es et grang remedi des malauti.

Aprep soissanto ans
Ne aygo ne bans. (2)

Tout mau que da herebe (3).

VI. PRONOSTICS DU TEMPS, AGRICULTURE.

At tems dera hougero (4)
Auito et tems det coustatg dera ribero; (5)
At tems dera castagnou,
Auitou (6) det coustatg dera mountagnou. (7)

Aragnou det maiti
  Chagri ; (8)
Aragnou det souer
  Espouer (9).

Brumou roujo det maiti,
Mau tems pet cami ;
Brumou roujo det desses, (10)
Souley à petades (11).

Ceu moutounatg
Arre de bou nou a proubatg. (12)

(1) Médecins jeunes inexpérimentés, cimetières bossus. Le médecin inexpérimenté laisse
périr ses malades; beaucoup de morts, partant beaucoup de tombes, qui rendent les cimetières bossus.
(2) *Bans,* bains.
(3) *Herebe,* fièvre.
(4) *Houguero,* fongère. Dans la vallée de l'Ariège, on dit *Falga.*
(5) Du côté de la rivière, c'est-à-dire, du côté de l'Est ou de la plaine.
(6) *Auitou* pour *auito le.*
(7) Du côté des Pyrénées, c'est-à-dire, au Midi.
(8) *Chagri,* chagrin, mauvais présage.
(9) Espoir de beau temps.
(10) *Desses,* tombée de la nuit.
(11) *Petade,* chose qui produit assez de force pour briser ou faire éclater ; *souley à pe-*
tades, soleil à tout détruire, soleil ardent
(12) *Proubatg,* annoncé.

De loung betg (1)
Loung letg.

Era luo det dimecres
Qu'escaro (2) eras carreros.

Etg arc dera brespado
Que bouto et boue ara laurado,
Etg arc det maiti
Queu (3) bouto à dourmi.

S'eras bouroumous (4) birong enda Palhas, (5)
Pastou, cerco capo, se nou l'as,
Se tournoung de Palhas,
Tiro-lot, se l'as.

Bent d'auta e hilho d'hoste
James nou ang passatg setg. (6)

Auta sus gelado
N'e cap de durado.

A Sant Marti (7)
Etg hiuer qu'e pe cami.

A Sant Luc (8)
Era gneu que he cluc.

A Sant Marti
Era gneu (9) at pi ; (10)
Et det pi at pratg
Tout gneuatg.

(1) De long beau, long laid, sous-entendu, *tems*, d'un long beau temps il résulte un long mauvais temps.
(2) *Escaro*, nettoyé.
(3) *Queu* pour *que le*.
(4) *Bouroumous*, nuages.
(5) Palhas, ville de Catalogne au Sud-Est du Biros. Quand les nuages se dirigent de ce côté, cela indique que le vent vient de l'Ouest, mauvais signe. Aussi le proverbe conseille au pâtre de chercher son manteau ou de le quitter, suivant que les nuages vont à Palhas ou en reviennent. *lot*, contraction de *lo te* : *tiro-lot*, ôte-le-toi.
(6) *Setg,* soif ; le vent d'autan annonce la pluie, ne souffre pas de la soif.
(7) 11 novembre.
(8) 11 octobre.
(9) *Gneu*, pour bien figurer la prononciation on écrit *gneu* au lieu de *neu*
(10) *Pi*, pin, *at pi*, au pin, c'est-à-dire, sur la montagne, là où sont les pins

Aue (1) eng port, (2)
E dema eng hort.

A Sant Andreu, (3)
« Assi soung, (4) sa deu era gneu, »
« Se nou y soung, ja y serai leu. »

Gneu redounou (5)
D'autro noung (6) dounou.

Era gneu d'Auens ·
Qu'a cachaus e dens ; (7)
Era de Je (8)
Que s'acouco, que sahe ; (9)
Era de Houre, (10)
Coumo er'aygo en pae,
E se y soubro que da que he ; (11)
Era de Mars
Pes cots et pets escharts ; (12)
Era d'Abriu,
Que he fliu-fliu. (13)

A Santo Lusso, (14)
D'ung saut de pusso ; (15)
A Nadau,
D'ung saut de brau. (16)

(1) *Aue*, aujourd'hui.
(2) Col de la montagne.
(3) 30 novembre.
(4) On fait parler la neige : je suis ici, dit la neige, si je n'y suis pas, j'y serai bientôt.
(5) *Redounou*, ronde. Neige ronde nous on donne d'autre.
(6) *Noung*, contraction pour *nous eng*.
(7) *Cachaus*, dents molaires : c'est-à-dire, que la neige de décembre mord et ne lâche pas prise.
(8) *Je*, janvier.
(9) *S'acouco*, se couche ; *s'ahe*, se tasse.
(10) *Houre*, février.
(11) La neige de février disparaît comme l'eau contenue dans un panier, mais si elle persiste, *se y soubro*, elle donne de l'embarras, *que da que he*, elle donne à faire.
(12) *Pes cots e pets escharts*, sur les cols et sur les écarts (endroits élevés et privés de soleil.)
(13) *Fliu-fliu*, syllabes sans signification, imitant le bruit du fouet. *Que he fliu-fliu*, s'gnifie qu'en avril la neige apparait par intervalles, amenant un froid piquant que l'on compare à des coups de fouet.
(14) Sainte-Lucie, 13 décembre.
(15) Le jour allonge de la distance d'un saut de puce. *Pusso* est emprunté à un autre dialecte, pour le besoin de la rime.
(16) Le jour augmente de la distance d'un saut de taureau.

Se Nadau e sense luo,
Dex ouelhos que s'entournoung per uo. (1)

Quang Nadau e at dilus, (2)
Et qu'a tres roussis qu'eng benou dus
Et qu'a tres baylets qu'eng deche dus.

De Santa Catalinou (3) à Nadau
Ung mes y cau.

Que à Nadau s'assoulelho, (4)
A Pasquos s'atourrelho.

Era margalido det mes de Je (5)
Que he bene er'herbo eng Houre.

A Sant Bincens
Abachon (6) tors e leuon bents.

Houre que hourejo ; (7)
Se Houre nou hourejo,
Mars que marsejo ;
E se Mars nou marsejo,
Touto er'annado que malautejo.

At mes de Houre et souley, era luo,
A talo houro dera neit o det dio,
Qu'ang de he ouelho de gario. (8)

S'et grapaut canto eng Houre
Qu'a etg hiuer at derre.

(1) L'absence de lune à Noël fait présager que la portée des brebis ne réussira pas, elle annonce aussi que l'hiver sera long et que les troupeaux périront de misère : dix brebis se réduisent à une.

(2) D'après le préjugé populaire, la fête de Noël tombant un lundi annonce un mauvais hiver, puisqu'il faut se défaire des deux tiers des chevaux et des domestiques.

(3) Sainte-Catherine étant le 25 novembre et Noël le 25 décembre, il y a un mois entre ces deux fêtes.

(4) Dans le centre de la France, on dit : à Noël sur les perrons, à Pâques sur les tisons.

(5) La pâquerette est une fleur printanière ; mais si elle paraît en janvier, c'est le signe manifeste que février sera rigoureux et que le fourrage sera vendu cher.

(6) Abachon, baissent, diminuent.

(7) Proverbe très expressif, qui ne peut-être traduit en français que par des periphrases. Que le temps propre au mois de février, se fasse à cette époque; s'il ne se fait pas en février, que le temps propre au mois de mars, se fasse en mars; s'il n'en est pas ainsi, toute l'année est malade.

(8) Doivent ressembler à un œil de poule c'est-à-dire, paraître clairs par intervalles.

Era broumou de Sant Matia (1)
Que duro detcha Sant Marc.

Houre nau caros he ; (2)
Se Houre nou las he,
Mars que ne herete.

Eng sere de Houre (3)
Mau hida t'y he.

« Aplego t'y, Cuareme,
« Que m'y aplegarai, hiuer.
« Abrilhou, Abrilhou,
« Presto m'eng u, presto m'eng dus,
« E autes dus que jou n'ai,
« Que haram pernabate et baque. » (4)

Pasquos marsescos, (5)
Era hame adescos ;
Se nou l'adescos,
Ja la pescos.

(1) La brume de Saint-Mathias, 24 février, dure jusqu'à Saint-Marc, 25 avril.

(2) *Nau caros he*, fait neuf figures. *Nau* est pris ici pour un nombre indéfini. **Février doit prendre des formes nombreuses, il doit être très inconstant, très varié ; s'il n'en est pas ainsi, mars est héritier, c'est-à-dire, mars doit produire des variations de tempéra-ture.** Comparer ce proverbe avec celui cité plus haut, *Houre que hourejo*.

(3) Se méfier du temps serein en février.

(4) Ce proverbe a besoin d'explication. C'est l'hiver qui parle, et les mots qu'il emploie, très expressifs en patois, sont à peine intelligibles en français Touchant à sa fin, se sentant épuisé, l'hiver s'adresse à ses voisins pour demander renfort.

Au carême, qui est toujours en mars, du concours duquel il est assuré, il lui dit avec un air de confiance : « Ramasse t'y, carême, je m'y ramasserai (moi) hiver », c'est-à-dire : Carême, joins-toi à moi, et je me joindrai à toi.

Ensuite l'hiver s'adresse à avril, et comme il est moins sûr de son appui, il prend un air doucereux et suppliant : « Gentil avril, gentil avril, prête-m'en un prête-m'en deux, *(prête-moi un ou deux traits de perfidie)*, et avec deux autres que j'en ai (en réserve), nous ferons débattre le vacher. » Mars et le carême coïncident avec la fin de l'hiver ; c'est un mauvais moment pour le pâtre, pour le montagnard ; sa souffrance augmente ; sa lutte contre la misère est plus vive, si l'hiver continue, si le carême avec ses privations se pro-longe en avril *Pernabate*, se débattre, se démener par excès de souffrance.

(5) Pâques étant en mars la faim tu nourris ; si tu ne la nourris pas, tu la pêches (tu la cherches), c'est-à-dire : à l'époque de Pâques, quand cette fête tombera en mars, tu auras à pourvoir à la pénurie. Si la pénurie n'existe pas alors et qu'il n'y ait pas lieu d'y remédier, sois sûr que tu es sur le point de la voir arriver.

Adescos, 2e pers. ind. prés. de *adesca*, nourrir, donner à manger. Ce verbe ne s'emploie proprement que pour les oiseaux. *Ets audets qu'adescong es sos petits.*

Dans *adescos*, *pescos*, on emploie le présent pour le futur.

Tantos gelados de Mars
Tantos gneuados d'Abriu.

At mes de matg que cau que tremble
Tres cops e roussi eng estable :
   U de hame,
   U de setg,
   E u aute de heretg.

Quang et pressegue (1) e flouritg,
Dio e neit qu'e tout partitg ;
Quang et pressec maduro
Qu'e era memou mesuro.

Gelado d'Abriu, (2)
Gneuado d'estiu ;
E ses pago at dio madech,
Nous pago cap mes.

Ta auatg da era broumou de Mars, (3)
Ta auatg da era gneu d'Abriu,
E dentio et Cor-de-Diu. (4)

Nou bous credau cap eschiuarnats (5)
Que Marquet e Crouzet nou siong passats.

Hiuer betg,
Estiu pla letg.

---

(1) *Pressegue*, pêcher. dont le fruit appelé *persé (pressec)*, est couvert d'une peau adhérant à la chair ; cet arbre fleurit à la fin de mars, à l'équinoxe du printemps ; son fruit mûrit à l'équinoxe d'automne. *Maduro*, mûrit.

(2) Gelée d'avril, neigée d'été (signe de neige en été). Mais si le signe se réalise le jour même, il ne se réalise plus, c'est-à-dire, s'il neige immédiatement après la gelée d'avril, c'est le signe qu'il ne neigera plus. *Ses pago* contraction pour *se se (se se pago)*.

(3) Aussi bas que descend la brume de mars, aussi bas descend la neige en avril ; il en est ainsi jusqu'à la Fête-Dieu. *Da*, 3ᵉ pers sing. prés ind. de *da*, donner, aller, passer.

(4) *Cor-de-Diu*, Fête-Dieu.

(5) Ne vous croyez pas sortis de l'hiver que la Saint-Marc et l'Invention de la Sainte-Croix ne soient passées.

Eschiuarnats, sortis de l'hiver, ayant hiverné.

Marquet, fête de Saint-Marc, 25 avril. *Crouzet*, fête de l'Invention de la Sainte-Croix, 4 mai.

Abriu (1) negre (2)
Que treguec ets homes de Bajergue (3)

Ploujo de Sant Medard (4)
Que duro ung mes e quart,
Se Sant Barnabe (5)
Nou li coupo et pe.

S'es Franceses passong auant Sant-Juang, (6)
Se nou ag pagong augouang,
Que ag pagarang u aute ang. (7)

At tou (8) d'Aoust
Er' aygo as talous.

Noustro-Damou d'Aoust passado ,
Era terro gelado, (9)

Tant bau betg tems
Coumo hiens. (10)

---

(1) Ce proverbe est d'origine Catalane.

(2) *Abriu negre*, avril noir, sinistre.

(3) Ce proverbe qui s'applique à la température, est la constatation d'un fait historique. Bajerque est un village du val d Aran sur le versant Espagnol des Pyrénées, derrière la vallée de Biros. On raconte qu'une année l'hiver qu'en ne redoutait plus se produisit en avril. Ce mois fut tellement rigoureux qu'il fit périr beaucoup de monde dans ce village.

Treguec, enleva, fit disparaître ; 3ᵉ per., passé défini ind. de *tre* (trahere).

(4) 8 juin.

(5) 11 juin.

(6) 24 juin. Les phénomènes atmosphériques qui se produisent vers la Saint-Jean, vers la fin de juin, exercent, d'après les paysans, une grande influence sur les récoltes ; ces observations ont donné lieu à un certain nombre de proverbes. Ainsi, dans la vallée de l'Ariège, on dit : *se plau la neit de la Sant Jean, las nusses soun bermouludos*.

(7) Si les Français passent les Pyrénées avant la Saint-Jean, ils le paieront , si ce n'est pas une année, c'est l'autre. C'est un avertissement que les Espagnols sont censés donner aux Français. Les habitants du Biros et d'autres endroits ont coutume de conduire leurs troupeaux en été sur les montagnes Espagnoles louées pour le paturage. Il est d'usage de n'y mener les troupeaux qu'après la Saint-Jean ; avant cette époque, ce serait une imprudence. En effet, quelque belles que soient les apparences du temps, on peut encore être surpris par ces hauteurs par une averse de neige.

(8) *Tou*. Tonnerre.

(9) 15 Août.

(10) *Hiens*, Engrais, fumier.

Dam hiens de houguero
Semiou cuarte, (1)
Que cuelheras coussero.

Et qu'a semiatg à Martrou (2)
Qu'a semiatg en haunou, (3)

Que bau mes semia en hangas (4)
   Auant Martrou,
Que semia eng poubas (5)
   Apres Martrou.

Et blatg eng hangas,
E era segle eng poubas.

Era segle (6) qu'a de bede et boue (7)
Quang s'eng tournou.

Quang er'auco (8) passo en Franso
Era semiado que s'auanso.

A Sant Marti
Ques (9) beu et boung bi.

Et que bat at mes d'Aoust
Que bat à soun goust.

Se plau at dio dera Santo Trinitatg,
Era recolto que s'en tournou (10) pera mentatg.

---

(1) *Cuarte*, quartier (un quart du setier, du sac.)
Coussero, un demi-quartier. Avec du fumier de fougère sème un quartier, tu recueilleras un demi-quartier. La terre fumée avec du fumier de fougère ne produit que la moitié de ce qu'on sème.

(2) Toussaint.

(3) Celui qui a semé à la Toussaint a semé en honneur, c'est-à-dire, celui qui a fait ses semailles avant la Toussaint mérite des félicitations pour son activité et pour sa prudence.

(4) *Hangas*, boue.

(5) *Poubas*, poussière, terre sèche.

(6) Le seigle ensemencé doit voir le bouvier quand celui-ci s'en revient, c'est-à-dire, le seigle ensemencé doit être enfoui si peu qu'il puisse apercevoir, à travers la mince couche de terre qui le recouvre, le laboureur qui vient de le semer. Cela indique que le laboureur doit pouvoir distinguer les grains de seigle à peine ensemencés.

(7) *Boue*, bouvier, laboureur.

(8) *Auco*, il s'agit du passage de l'oie sauvage.

(9) *Ques beu*, se boit.

(10) *S'en tournou pera mentatg*, se perd pour la moitié.

Ara sebo (1) det mes de Matg,
Que y pos ana dam ung pae traucatg.

Matg bielh (2) que cau que balhe herbo e fouelho
Qu'ac boulho o que nou ac boulho.

Era planto de Matg (3)
Que bau ung cuarter de blatg.

Diu mous ouare (4) det poubas de Matg
E dera hango d'Aoust.

Pasquos soulhousos,
Garbos granosos.

Era civado det mes d'Abriu (5)
Que he fliu-fliu.

Abriu
Caneriu, (6)
Matg
Cabelhatg,
Jung flouritg,
Junsego segatg,
E Aoust aplegatg.

---

(1) Les ognons se sèment en août et septembre, ils doivent être transplantés en hiver. Les négligents, qui renvoient cette opération jusqu'au mois de mai, s'exposent à une déception ; par conséquent, à la récolte de l'ognon de mai, tu peux y aller avec un panier troué, sans fond, tu ne trouveras rien.

(2) Mai, sur sa fin, doit donner herbe et feuille, qu'il le veuille ou non.

(3) *Planto*, signifie ici plant de chou Le chou planté en mai réussit et donne des produits, dont la valeur égale celle d'un boisseau de blé.

(4) *Ouare*, garde. *Mous*, dans le Couserans, on dit *mous* pour *nous*.

(5) L'avoine semée en avril ne vaut rien.

(6) Ce proverbe offre un tour de langage qui serait inintelligible, si l'usage ne le rendait banal ; il indique en forme d'abréviation les caractères de la croissance du blé. Comme la chose est tellement commune et évidente pour les cultivateurs, le proverbe supprime les mots essentiels que la pensée remplace aisément. Cette longue série d'adjectifs ne se rapportent à aucun des termes qui les accompagnent ; leur nature ne laisse aucun doute dans l'esprit à ce sujet et indique qu'il ne peut être question que du blé, *et blatg*.

Abriu caneriu, en avril le blé en tuyau, *Canetg*, tuyau, tube, *Caneriu*, qui prend la forme d'un tube. *Matg cabelhatg*, en mai le blé se forme en épis, *cabelhatg*, de *cabelha*, former les épis. En juin le blé fleurit. *Junsego*, juin second, c'est-à-dire, juillet, en juillet le blé est coupé, *segatg*, de *sega*. En août il est ramassé, *aplegatg*, de *aplega*, ramasser.

Mars sec,
Abriu plougiu,
Matg nou cessatg, (1)
Jung gout, (2)
Eng pais que y a de tout.

Quang n'y a pes camps
Que n'y a endas sants. (3)

Touti es meses siong mau,
Mes qu'Abriu sio bou.

Er'aygo de Mars e d'Aoust
N'a cap goust. (4)

Mars sec,
Et granate (5) ques plouro ;
Mars moutg, (6)
Et granate que s'eng rids.

At mes de Mars que cau belha (7)
Coumo u ase pot boula.(8)

At mes de Houre (9)
Miejo palho e mietg grae.

Et tou de Houre
Que empleo (10) et grae.

Et tou de Houre
Que tre (11) es rats det palhe.

---

(1) *Nou cessatg*, quand il ne cesse de pleuvoir.
(2) *Gout*, sec.
(3) Dans les paroisses rurales, il est d'usage de faire à l'église des dons en nature avec le produit des récoltes. Quand il y a des récoltes dans les champs, il y en aura pour les Saints, c'est-à-dire, pour l'église.
(4) Ne fait pas du bien.
(5) *Granate*, le marchand de grain.
(6) *Moutg*, humide, pluvieux.
(7) *Beilha*, veiller.
(8) *Boula*, voler.
(9) Au mois de février, un homme prudent ne doit avoir consommé que la moitié de sa paille et des provisions conservées au grenier.
(10) *Empleo*, emplit.
(11) *Tre*, fait sortir, chasse.

Souley de Houre,
Cerco herbo, Cabale. (1)

Enda Houre que li esta tout be,
Soum que et souley. (2)

Et saucla (3) de Je
Ques trobo at palhe, (4)
Et de Houre
Ques trobo at grae. (5)

Houre qu'e journale.

Je tout s'ag minjo
E re nou he. (6)

Era bignou que diu :
« Plantom (7) prehound,
« Que saberas so que soung. »

Diu mantengo
Ets arbes deras camous tortos ! (8)

Bignou de mountagnou,
U ang radins e dex ans ramou. (9)

Home luate (10)
N'emplec cap grae.

---

(1) *Cabale*, fils cadet ; dans la montagne, c'est le pâtre, l'homme de peine. **Soleil en Février, cherche du foin, cadet,** c'est-à-dire, le soleil en ce mois est signe qu'il fera mauvais temps et qu'il faudra pourvoir à l'entretien des bestiaux dans la grange.

(2) Tous les temps sont bons en février, excepté le soleil.

(3) *Saucla*, sarclage.

(4) *Palhe*, pailler.

(5) *Grae*, grenier.

(6) Janvier mange tout et ne fait rien, c'est-à-dire, Janvier fait dépenser **toute sorte** de choses, ne produit rien et n'est propre à aucun travail.

(7) *Plantom*, contraction pour *planto-me*.

(8) Jambes, tiges **tortes,** la vigne.

(9) Pour un an qu'elle donne du raisin, elle ne porte pendant **dix** ans que des sarments sans fruit.

(10) *Luate* ne veut pas dire bizarre, lunatique. Voici le sens du proverbe : l'homme, qui a l'habitude de considérer les phases de la lune pour faire les divers travaux, **ne remplit** pas le grenier.

Era terro que nou demouro (1)
Et maestre que bau pauc.

Era terro rosto (2)
N'e cap nostro.

VII. DES ANIMAUX.

Et so que nou huc (3) e que nou sera,
Qu'e ung nid de rat
Enas aurelhos d'ung gat.

Mata uo pieude (4) eng Houre,
Atg estiu qu'eng manquo ung seste. (5)

At mes de Houre,
Eras pieudes ques dang (6) at derre.

Delà oung y a ung poutg (7)
Nou y canto cap gario.

Maysou malhurouso o machanto
Oung se caro (8) et poutg, era gario canto.

Gario que canto coumo es pouts,
Nou la benous (9) ne nou la dous ;
Mes minjo la dam tous massipous.

---

(1) La terre qui n'attend pas le maître vaut peu, c'est-à-dire, qui s'éboule, qui échappe au maître.

(2) *Terro rosto*, terre en pente. Les terrains trop en pente ne sont pas nôtres, parce qu'ils nous échappent par des éboulements. Ce proverbe est très applicable dans un pays aussi montagneux que la vallée de Biros.

(3) *Huc*, fut.

(4) *Pieude*. Puce.

(5) *Seste*, setier.

(6) *Ques dang*, se poursuivent, *Dang* 3e per. plu. du pré. ind. de *da*, donner, aller, poursuivre.

(7) *Poutg*, coq.

(8) *Se caro*, se tait.

(9) Les *s* placés à la fin de *benous* et de *dous* sont ici pour l'euphonie et la consonnance.

Poutg apousatg (1) de Mars e nescutg d'Abriü,
Que canto toutos eras houros de Diu.

A Martrou
Et loup qu'e coumpagnou. (2)

At set d'Abriu,
Coucut canto mourt o biu. (3)

S'et coucut nou canto
At prume d'Abriu,
N'e cap biu.

At prume de Mars toutò cuco (4)
Que leuo et cap,
Era serp auant que cap.

Quang era crabo sauto eng ort, (5)
S'et crabot la seguich, n'a cap tort.

Et boueu bielh,
Se nou tiro, j'empeing. (6)

Autant tiro Lauret (7)
Coumo Haubet.

Et porc pelutg
N'a cap re de perdutg.

Que y a ung tems enda etg ase
E u aute et moulie.

Ase coum u toustem mau bastatg.

(1) *Apousatg*, poulet provenant d'un œuf placé en Mars sous la poule.
(2) Le loup descend de la montagne et se rapproche de l'homme.
(3) *Biu*, vif, vivant.
(4) *Cuco*, reptile dans le sens général ; *serp*, indique le serpent. Au premier mars, tout reptile lève la tète, sent le printemps, et le serpent avant tous les autres. *Cap* a ici un double sens : *cap*, tête, et *cap*, aucun, autre.
(5) Ce proverbe s'entend surtout au figuré et le sens est celui-ci : si les parents donnent mauvais exemple et que les enfants les imitent, ces derniers n'ont pas tout le tort.
(6) *Boueu*, beuf de travail. *J'empeing* pour *ja empeing*. *Empeing*, 3ᵉ pers. ind. prés. de *empeigne*, pousser.
(7) *Lauret* et *Haubet*, nom que l'on donne aux bœufs de labour. Ce proverbe veut dire que, quand deux bœufs sont attelés, l'un doit tirer autant que l'autre.

Estelo que beu, (1)
Machant pe o machant peu.

Et so de mau recadatg, (2)
Et ca o et gat s'ag ang aplegatg.

At gat bielh
Nou li cau cap ensegna de rata.

Ca que layro (3)
Nou moussego cap. (4)

Messidot det ca que nou layro.

Leijo bestio, (5)
Poulitg moussec.

Bestio maladido (6),
Et peu li luds.

« Ouelho (7), per tant que sios mundo, (8)
« Qu'es seguro d'este tounudo (9). »

Tau (10) que cerco era ouelho
Que trobo et loup.

Pla holo (11) era ouelho,
Que dam et loup s'acousselho.

---

(1) *Estelo que beu*, il s'agit du cheval. Le bon cheval doit avoir une petite étoile blanche au milieu du front. Or, il y a des chevaux qui ont sur le front une large et longue raie blanche, qui descend jusqu'au museau et qui touche à l'eau quand l'animal boit. Etoile qui boit, mauvais pied où mauvais poil ; par cette indication on signale les défauts de la bête.

(2) *Et so de mau recadatg*, mot à mot ; *le ce de mal serré. Aplegatg*, ramassé.

(3) *Layro*, aboie.

(4) *Moussego*, mord.

(5) Vilaine bête, jolie morsure.

(6) A bête maudite le poil brille.

(7) Brebis.

(8) *Mundo*, faible.

(9) *Tounudo*, tondue.

(10) *Tau*, tel.

(11) *Holo*, folle,

Deras ouelhos coundados,
Et loup que s'eng preng uo (1).

D'abelhos e de ouelhos
Noung cau cap he marabelhos.

Era ouelho qu'agnero auant Nadau
Que costo mes que nou bau.

Era ouelho que diu :
« Se noum das et soupa at mes d'Auens,
« Ouaro-let (2) eng tout tems ;
« E se noum das herbo at mes de Je,
« Tapauc nou nouyrirai. » (3)

Ero ouelho galhado (4) at cap de cent ans
Qu'a de he ung agnetg galhatg.

Dentio Sant-Bincens (5)
Touto ecguo (6) e prens ;
D'aiqui en allà
Era que l'y a (7).

---

(1) Le Biros est un pays pastoral où chacun a de nombreux troupeaux. Après avoir conduit le bétail dans les pâturages, le pâtre, en rentrant le soir, doit nécessairement s'assurer si le troupeau est complet. Pour le bon pâtre, un seul regard lui suffit ou doit lui suffire pour voir si aucune bête ne manque. Le mauvais pâtre, au contraire, n'a pas cette finesse de coup d'œil, il s'avise de compter ses bêtes. Par là, il fait comprendre qu'il s'aperçoit difficilement de l'absence d'un animal ; il désigne ainsi son troupeau aux voleurs. Le proverbe blâme les pâtres maladroits, en les avertissant que compter les brebis, c'est le moyen d'attirer les voleurs. *Loup* signifie ici un voleur quelconque.

(2) *Ouaro-let*, garde-le toi ; *let* contraction pour *le-te*.

(3) Les troupeaux ne sont entretenus dans les granges que pendant l'hiver, hors ce temps, ils vivent exclusivement dans les pâturages; aussi la brebis peut-elle dire à son maître: « si tu ne me donnes pas le souper au mois d'Avent, garde-le toi en tout temps Mais si tu ne me donnes pas de foin au mois de janvier, je ne pourrai allaiter mon agneau. »

(4) *Ouelho galhado*, brebis bariolée. Il s'agit d'un effet d'atavisme observé par les paysans sur leurs troupeaux. La brebis bariolée doit produire, au bout d'un temps indéterminé, serait-ce cent ans, et malgré de nombreux croisements, un agneau également bariolé.

(5) 22 janvier.

(6) *Ecguo*, jument, du latin *equa*.

(7) Jusqu'à la Saint-Vincent, toute jument est pleine. Le proverbe veut dire que, la gestation de la jument étant difficile à reconnaître avant la Saint-Vincent, jusqu'à cette époque on considère la bête comme pleine. Mais à partir de cette date, on ne répute comme telle que celle qui l'est réellement *(era que l'y a)*, celle qui a le produit dans le ventre.

VIII. SENTENCES MORALES DIVERSES.

He be e nou he mau :
D'autes sermous nou cau,

Que bau mes bouno renoumado
Que cinto daurado.

Autant he et que tenc
Coumo et qu'escorjo (1).

Et que det loup parlo
Et loup betg.

Qui la guignou la pert. (2)

So que sab uo pieude,
Qui ags ab ? (3)

Det so que nous potg sabe
Que s'eng hario ung gros libe.

Era bito
Qu e ung rajou (4) de souley.

En ung gros cap,
Esprit o bestieso ;
Cadacop de tout.

Cado hou (5) qu'a soung seng,
E subant que l'a queu (6) despeng.

---

(1) *Escorjo,* écorche. Ce proverbe signifie que le complice est aussi coupable que l'auteur du méfait.

(2) Celui qui vise, qui poursuit trop son but avec trop de tenacité, le manque.

(3) Ce qui veut dire que les plus petites choses offrent beaucoup de secrets et de mystères pour les savants.

(4) *Rajou,* rayon, comparaison pour indiquer la briéveté, le rapide éclat de la vie.

(5) C'est-à-dire, chaque homme n'a qu'un petit degré de bon sens, avec lequel souvent il se conduit plus ou moins bien. *Despeng,* de *despene,* dépenser.

(6) *Queu,* pour *que le,* le pronom *le* se contracte avec la conjonction *que,* parce que le verbe *(despeng)* commence par une consonne. Quand le verbe commence par une voyelle, la contraction du pronom avec *que* n'a pas comme dans : *subant que l'a.*

Et qu'eschiulo (1) eng taulo
O que canto eng liet,
N'a cap et seng (2) adret.

Houc (3) de palho,
Bihoro (4) de canalho,
E trot de bourriquo,
Nou durong cap loungtems.

Ung boung Frances
Qu'eng he rega tres. (5)

Et sinne que bau ung truc. (6)

Ena porto barrado
Et diable s'y biro. (7)

Peyro jetado,
Et diable l'agafo. (8)

Que cau passa
Pet pount o per'aygo.

Et que pla esta,
Nou boutjo.

Et que lengo a
A Roumo ba.

Bau mes uo anco (9)
Que duos eschancas. (10)

---

(1) *Eschiulo*, siffle.
(2) *Seng adret*, bon sens, sens droit.
(3) *Houc*, feu.
(4) *Bihoro*, bruit, dispute.
(5) *Rega*, reculer.
(6) Le signe vaut un coup. Convenablement les ordres se donnent par la parole. Commander avec des signes est aussi dédaigneux et aussi injurieux que de commander avec violence.
(7) Devant une porte fermée, le Diable se retourne. On ne doit pas chercher à entrer, quand une porte est bien fermée.
(8) Une pierre lancée en l'air appartient au diable, c'est-à-dire, elle peut faire beaucoup de mal.
(9) *Anco*, jambe.
(10) *Eschancas*, béquilles.

Et que nou a bounou memourio
Qu'a daue bounous camous.

Courto poso,
Loung cami.

Et que ba doussoment
Que ba loueng.

Se bos sabe uo bertag,
Dam ung massipou o dam u embriac.

Qu'e pla auatg (1) etg houc,
Que hum nou sorto (2).

Oli e bertatg.
Toustem ang susnadatg (3).

Enda aue de bounou aygo
Que cau ana ara hount.

So que Diu ouaro
Toustem e pla ouaratg.

Diu de mentidos (4) noung he cap bertats,
Ne bastous sense dus caps (5).

Du he pla so que he.

Diu ne nou minjo ne nou beu,
Mes que pago enda que deu (6).

Diu que da era briso
Subant (7) era camiso,
E etg heretg era calou
Subant era sasou.

(1) *Auatg*, bas.

(2) Cette tournure est exclusivement propre à cet adage ; en langage ordinaire, il y aurait : *que cau que sio pla auatg etg houc, enda que hum nou sorto*. Le sens du proverbe est celui-ci : quelque cachée que soit une intrigue, quelque indice se manifeste toujours, *il n'y a pas de feu sans fumée*.

(3) *Susnadatg*, surnagé.

(4) *Mentidos*, mensonges.

(5) *Caps*, bout.

(6) Dieu ne mange ni ne boit,
Mais il paie ce qu'il doit.

Voilà la portée du proverbe : Dieu indépendant et impartial peut rendre à chacun ce qui lui est dû, tandis que les hommes, qui contractent des obligations, se trouvent parfois dans l'impossibilité de les tenir par suite des circonstances.

(7) *Subant*, suivant, d'après.

Quang parlo pape, (1)
Barbo se caro.

Et pape qu'e ung boung ase.

Et qu'ajo aucos à herra,
Que boute es claus à soule. (2)

Et que trop à plase esta,
Toustem cerco ung gra de rougnou. (3)
Enda grata, (4)

Era rasso
Que casso. (5)

Et pecatg
Que he houratg. (6)

Pecatg amagatg
Qu'es mietg perdounatg.

Era legnou de clouc (7)
Que dechec mouri sa may
At cant detg houc;
Era de castagne
Qu'ag pensec he.

---

(1) *Pape*, papier. Le paysan a une telle confiance dans ce qui est écrit, imprimé, qu'il ne croit pas qu'on puisse le révoquer en doute, l'homme à barbe (*Barbo*), le savant, n'a qu'à se taire.

Pourtant le proverbe suivant semble indiquer que cette conviction diminue. Peut-être est-il plus récent et s'est-il formé depuis que la presse est si répandue.

(2) Celui qui aura des oies à ferrer qu'il mette les clous tremper. C'est un défi qu'on porte contre quiconque cherche à susciter des embarras, c'est dire à ses adversaires que toutes leurs intrigues seront aussi inutiles que de ferrer des oies.

(3) *Rougnou*, gale, rogne.

(4) Celui qui est trop bien, cherche toujours un grain de gale pour se gratter, c'est-à-dire, qu'il invente quelque affaire qui lui donne beaucoup de tracas.

(5) Dans d'autres régions du Midi, on dit *rasso rassejo*, pour exprimer la même chose. Dans le centre de la France, cette idée est rendue par cet adage : bon chien chasse de race.

(6) *Que he houratg*, laisse trace. *Houratg* signifie la trace des pieds sur la neige, sur la boue.

(7) *Clouc*, peuplier commun. C'est une manière d'indiquer que ces deux espèces de bois ne valent rien pour le feu. Dans la vallée de l'Ariège, la même idée se traduit de la façon suivante : *La legno d'aserou dichec mouri sa mayre al cantou del foc, e la de castagne qu'a pensec fe. Aserou*, érable.

U (1) scouhouc (2)
Cap de houc ;
Dus
U abus ; (3)
Tres, atau-atau; (4)
Cuate, ung brandau (5)

Que biro et caut,
Biro etg heretg.

Cado terro
Sa guerro ;
Cado pays
Soun bis ; (6)
Cado bilatge
Soun lengatge ;
Cado parsa (7)
Soun parla ;
Cado maysou
Sa fayssou.

(1) Réguliérement, il faudraít *ung*, mais, à cause des deux consonnes, par euphémie on dit *u*.
(2) *Scouhouc*, tison.
(3) *Abus*, une illusion.
(4) *Atau-atau*, comme ci, comme ça ; c'est passable.
(5) Un brasier.
(6) *Bis*, habitude, usage.
(7) *Parsa*, région, quartier.

Foix, imprimerie-librairie. GADRAT AINÉ, rue de La Bistour.

www.ingramcontent.com/pod-product-compliance
Lightning Source LLC
Chambersburg PA
CBHW071251210626
46818CB00013B/938